无言谁会凭阑意
——诗意深处的人间烟火

朱海兰 著

北京工业大学出版社

图书在版编目(ＣＩＰ)数据

无言谁会凭阑意：诗意深处的人间烟火／朱海兰著．—北京：北京工业大学出版社，2015.12

ISBN 978-7-5639-4536-8

Ⅰ.①无… Ⅱ.①朱… Ⅲ.①古典诗歌—诗词研究—中国 Ⅳ.①I207.2

中国版本图书馆 CIP 数据核字（2015）第 268607 号

无言谁会凭阑意——诗意深处的人间烟火

著　　者：朱海兰
责任编辑：符彩娟
封面设计：尚世视觉
出版发行：北京工业大学出版社
　　　　　（北京市朝阳区平乐园 100 号　邮编：100124）
　　　　　010-67391722（传真）　bgdcbs@sina.com
出 版 人：郝　勇
经销单位：全国各地新华书店
承印单位：九洲财鑫印刷有限公司
开　　本：787 毫米×1092 毫米　1/32
印　　张：7.5
字　　数：133 千字
版　　次：2016 年 1 月第 1 版
印　　次：2016 年 1 月第 1 次印刷
标准书号：ISBN 978-7-5639-4536-8
定　　价：25.00 元

版权所有　翻印必究
(如发现印装质量问题，请寄本社发行部调换　010-67391106)

序　言

喜欢这样的好时光，背着简单的行囊，与心爱的人牵手游走在山水之间，赏尽人世间的风景，望云蒸霞蔚、重峦叠嶂，读细雨如烟、花开似锦。每到一处风景，因这一眼、这一念，便心生喜欢。既赏着风景，又品着当地的美食，人生惬意也莫过于此了。

江南
汉朝：佚名

江南可采莲，莲叶何田田。

鱼戏莲叶间，鱼戏莲叶东，鱼戏莲叶西，鱼戏莲叶南，鱼戏莲叶北。

在江南，小舟轻轻游荡在池心，伸手就可以采下朵朵莲花，用碧绿而又宽大的荷叶汲一泉水，火红的小炉里，飘散出荷花藕粉糕的清香。这是我精心为你准备的甜点，藕粉、糯米粉、白砂糖，都被我精致地填充到莲藕的孔心里，定要把这千丝万缕的孔心填满才好，这样蒸出来的荷花藕粉糕才会如我们的生活一般充实饱满而又幸福甜蜜。两个人对饮在一叶扁舟上，月色下共摇桨橹，在一片静谧中，听着远古的歌声从耳畔轻轻响起。爱满心间，香满江南。

如果去的地方是江北的山，便在竹子做成的小屋里，让一杯香茗散发出人生的温暖，青花瓷的小蝶里，放着几样精致的小甜品和几样小果蔬。而我就悠闲地坐在摇椅上，在温暖的阳光下捧着一本古书，在某段与自己心灵相通的句子上凝神，听故事如六弦琴弹出的音乐一般从内心汩汩流淌而出。

千秋岁

北宋：谢逸

楝花飘砌。簌簌清香细。梅雨过，萍风起。情随湘水远，梦绕吴峰翠。琴书倦，鹧鸪唤起南窗睡。

密意无人寄。幽恨凭谁洗。修竹畔，疏帘里。歌余尘拂扇，舞罢风掀袂。人散后，一钩淡月天如水。

"正是春尽夏来之时，一场梅雨才刚刚结束，温暖的阳光洒落一地。高大的楝树上，簌簌的楝花在最后一场春风里纷纷落下，落成一场又一场的花事。那些花铺在石阶上，漂在流水里。浓情爱意却是梦里回旋一瞬间，花一落，人就散。湖岸两畔修竹葱茏，疏帘里那双剪影懒卧而眠。幽幽琴音透窗传来，风儿扯着红袖轻舞。一场欢宴,人散后,只留下淡月如水,落下花香一瓣。"在这首词里,北宋诗人谢逸把最后的春色写尽,把一场人间欢宴一直写到曲终人散,留下月色、留下花香、留下杯盏,在静寂的明月里独自凄然。

我正沉浸在这场景之中不能自拔的时候,而你弯下腰,捡起一朵淡紫色的楝花别在我的衣襟,明眸凝视,心底花枝,便有蝴蝶翩跹而舞。细密的爱语,连同阳光的明媚一起照进心间。禁不住再一次让自己的思绪飞回时光的深处,飞回唐宋那些戴花男女的身边。

一首词,仿佛让流年穿指而过,让花枝舒展成一个故事的情节,任由小炉里散出茶香,月光下的盏里美酒流动,窗前还有远古江湖里的马蹄声"嗒嗒"而过。就这样安下心来,让帘栊卷夏,让残雪落冬,在深醉浅笑里写意人生。

从内心一直知道,爱情是两个人的花前月下,婚姻是两个人的人间烟火。日子里,所有酸甜苦辣也只有自己知道其中深意,明白其中味道。"滋味"就是夕阳下冒出的炊烟,是月光下倒映在窗前的一对成双成对的剪影。与相爱的人牵手一生,做一对幸福的饮食男女,便是人生与爱情的升华。所以古人也明白,想要留住心爱人的心,便要先拴住心爱人的胃。

清平调
唐朝:李白
云想衣裳花想容,春风拂槛露华浓。
若非群玉山头见,会向瑶台月下逢。

李白的这首《清平调》里所描写的"云想衣裳花想容,春风拂槛露华浓"的女子,便是中国四大美女之一的杨贵妃。作为唐代宫

——诗意深处的人间烟火

无言谁会凭阑意

廷里的音乐家和舞蹈家,杨贵妃更是有着绝色的容颜。虽然是以唐玄宗儿媳的身份入宫,但却无法阻挡住唐玄宗对她的爱恋,最后唐玄宗终于帮自己清除所有阻碍,成功获得美人心,并封杨玉环为贵妃。杨玉环成为唐玄宗的贵妃后,可以说是集三千宠爱于一身。这唐玄宗是一个性情中人,想尽一切办法讨心爱女人的欢心。杨贵妃爱吃荔枝,每到荔枝成熟的季节,唐玄宗总要委派专人通过驿站从四川驰运带有露水的新鲜荔枝。"一骑红尘妃子笑,无人知是荔枝来",从此,便有了历史上这著名的一笑。"华清笙歌霓裳醉,贵妃把酒露浓笑",那作为贡品进入宫廷的美酒,也被取名为露浓笑。

一柄象牙彩蝶
明末清初:董小宛
独坐枫林下,云峰映落辉。
松径丹霞染,幽壑白云归。

从《一柄象牙彩蝶》里,我让自己再一次穿越时空,来到了"秦淮八艳"之一董小宛的爱情人生里。世人对这个传奇女子的婚姻生活褒贬不一,总是说,在她的爱情里,是她一个人在唱独角戏,而她深爱的男人冒辟疆只是她身边的一个配角。我们未曾生活在那样的年代,我们不是董小宛本人,又怎么能理解她对爱的执着与追求呢?在那样的环境下,在那样的动荡时代里,一个身陷青楼多才多艺而又容颜绝美的女子内心对爱情的渴望,我们又怎么能理解得了呢?

董小宛用人间烟火,精心打理着自己的爱情,变着花样为自己所爱的人、所爱人的家人烹饪着美食,那份用心、那份精致,无不让人从内心赞叹。

董小宛的这首《一柄象牙彩蝶》便是她与冒辟疆一起生活时的诗作："一个人独自坐在枫林，天际的云朵映着夕阳西下时的光辉。那些远山与近水被火红的枫林、夕阳的余晖渲染成一片火红。幽深的小径上，我满怀欣喜，等待外出的你回家。"这样的诗行，是洒脱的，是美妙的，同时也是欢快的。在这首诗里，我们读不到她婚姻生活里半点的忧伤。

相思儿令
北宋：晏殊
昨日探春消息，湖上绿波平。无奈绕堤芳草，还向旧痕生。
有酒且醉瑶觥。更何妨、檀板新声。谁教杨柳千丝，就中牵系人情。

晏殊的这首《相思儿令》从景入情，"昨天还在打探春天的消息，今天湖上的绿柳就开始在一池春水里轻拂涟漪。那些围绕着湖堤的青草，还是在原来生长的地方冒出新芽。此时，如果有酒，我们就且醉且饮，那些流失的韶光如这春水一般在内心荡漾开来。这千丝万缕的垂柳上系着情人们无限的相思"。

终是明白，人需要精致地为自己活一回，在人间烟火深处，爱上一个人，与这个人品尽人间滋味。在唇齿之间，只要我们轻轻一个回眸，便会有清香萦翳心间。原来爱上他，是因为对他有了别样的情愫、别样的喜欢，成为你一生别样的风景与离不开的人间烟火。分别时，是牵、是念；相聚时，是幸福在心间的蔓延。

蝶恋花

北宋：柳永

伫倚危楼风细细。望极春愁，黯黯生天际。草色烟光残照里。无言谁会凭阑意。

拟把疏狂图一醉。对酒当歌，强乐还无味。衣带渐宽终不悔。为伊消得人憔悴。

柳咏的这首《蝶恋花》的意思是："在那么高的楼上已经站立了许久，细细的风拂面而过，望不尽的春日离愁、沮丧寂寥从遥远无边的天际升起。碧绿的草色，飘忽缭绕的云霭雾气掩映在落日余晖里，面对这情这景，谁理解我靠在栏杆上的心情，打算把放荡不羁的心情给灌醉，举杯高歌，勉强欢笑反而觉得毫无意味。因为思念成疾，让自己身上的衣服一日比一日宽松起来，但内心却始终不感到懊悔。"在这样的诗词里，不知道有多少酒、多少孤月，才可以解心中愁绪，解心中相思？

在这一首首极美的诗词里，让自己在繁华世界里的脚步放慢，虽然一辈子的时间很长，但却又短到这一辈子正好可以爱上一个人，正好可以和一个人行走一辈子，正好可以与一个人无言凭栏相望，正好可以与一个人在一碟小菜、一杯淡酒里共度人生美好时光。

目　录

第一章　饮尽好时光：繁华背后的人间烟火

一饭之恩前世缘……3
风飒飒兮木萧萧……11
龙凤喜饼是媒证……22
不求闻达于诸侯……29
此恨绵绵无绝期……40
犹想当年酒瓮香……50
小船烧薤捣香齑……60
布裙红出采茶娘……70

第二章 花香抱枝头：遗落在民间的美食传说

必以甘酸苦辛咸……83

梧桐叶落晚风旋……90

冬至去寒娇耳汤……101

一点樱桃启绛唇……112

杜康造酒刘伶醉……121

吴江水兮鲈正肥……131

把酒问花花点头……139

织就湘帘护美人……149

第三章 指尖捻云烟：红泥小炉上的爱情滋味

蛾眉憔悴没胡沙……163

金谷园中见百花……175

临窗娟娟细竹柳……184

蒸藜炊黍饷东菑……193

柳外时时弄好音……197

罗衣香褪懒重熏……207

妙手纤纤和粉匀……215

第一章
饮尽好时光:繁华背后的人间烟火

烟花落尽便是曲终人散。被遗忘了的爱情,会在一个落着细雨的夜里生长。

被细雨洗亮的幽径两旁,野百合依然散发着昔日的馨香。

我在醉人的风景里,捡拾着一些醉人的唐诗宋词,捡拾着一个个故事中的悲欢离合。

叹息声如音符一般飘向远方,掌心里握着的忧郁,落在那张洁白的宣纸上。

时光就遗落在你我的脚下,我们可以走出岁月的长短,我们可以与四季在风景里作别,却无法让自己的身体与灵魂走出脚下的泥土。

一些欢笑一些幸福,一些纷乱一些伤感,终于在暮色四合中,落进扉页,凝成永远的安静。

一饭之恩前世缘

题伍员庙

唐朝：徐凝

千载空祠云海头，夫差亡国已千秋。
浙波只有灵涛在，拜奠青山人不休。

这是一首祭拜吴国大夫伍子胥的诗歌，诗歌的大致意思是："虽然吴国已经被消灭了有一千年之久，可一千多年来人们依然把伍员置于云海之滨来祭祀。波涛汹涌的钱塘江水上一定有他的灵魂存在，带着美食、带着年糕到这青山绿水来拜奠的人无休无止。"只要提到吴国大夫伍子婿，立刻便会有一个头发花白、身材魁梧、武功高强却又集智慧和凛然正气于一身的英雄形象呈现在人们眼前。

那么人们祭拜伍子胥的时候，为什么要带上年糕来作为祭品呢？这年糕与伍子胥之间又有着什么样的渊源与故事呢？

伍子胥（？—前484年），名员，字子胥，本为楚国椒邑（今湖北省监利县黄歇口镇，一说今安徽省全椒县）人，春秋末期吴国大夫、军事家。

我们从电影或者电视上看到的伍子胥都是以英雄的形象出现的，所以我们看到的永远是他霸气外露、事业有成时的一面，即使是吴王夫差有时候也要让他三分。他的威武与正义更是深入人心，即使后来因为被陷害而被吴王杀了头，也不会让人们消减对他的敬畏。人们却不知道，伍子胥少年时也是一个苦命的孩子，历尽了人间沧桑，为了逃命，整天饥一顿、饱一顿惶惶不可终日。

伍子胥的父亲伍奢，官至楚平王时的太子太傅，因与费无忌政治观点不合，被他陷害，和其长子伍子尚一同被楚平王杀害。为人正直的伍奢早就预感到了这一日，所以总是不让自己的小儿伍子胥在自己身边。正是因为伍奢小心，伍子胥逃过了这一劫。但费无忌想的就是不留后患，总想抓住伍子胥斩草除根。从此，伍子胥居无定所，走上了逃亡之路，不知道自己的未来和前途在哪里。

这一日，伍子胥在逃亡的路上，被一条大江挡住了去路。望着波涛滚滚的茫茫江水，伍子胥悲从心生。如果他能渡过大江，就能到达父亲所说的强盛国家吴国，从此将摆脱危险的境地。可是他却不知如何渡江。

天色渐暗，夕阳就要沉入江底，正在伍子胥一筹莫展的时候，突然从芦苇荡的深处驶来一叶扁舟，扁舟上放着刚刚浣洗完的纱，荡舟而来的是一个美貌女子，夕阳的最后一缕余晖正好打在那女子的身上，给女子披上了一件彩色衣裳。伍子胥看得竟然有点痴呆了，这样美貌的女子只应天上有，人间哪得几回见。那女子把船摇到伍子胥面前便停了下来，然后主动向伍子胥打招呼问他是不是要过江。伍子胥急忙连连点头说："我要过江到吴国去。"那女子看伍子胥面露疲惫之色，便主动请伍子胥回自己的家吃晚饭，并许诺明天一早送他过江，伍子胥连连点头答应。

女子带伍子胥回到家中，打来热水让伍子胥洗脸净面，然后自己开始生火做饭。只见女子把刚刚从江里捕来的鲑鱼的鱼身部分片开，去脊骨、胸刺，在鱼身上用刀划出菱形刀纹，然后用酒和盐涂抹到鱼身体上，支起火开始烤鱼。不一会儿的工夫，一股奇异的鱼香味便飘荡开来，伍子胥闻着这香味，再望着烤鱼姑娘美丽的倩影，此时，他感觉自己所有的劳累与奔波都不再重要，他的心在这一刻突然就安稳了下来，有一种找到家的感觉。

这些日子来，伍子胥为逃命而一直奔波劳顿，早已忘记了家的模样，也不敢想象亲人曾经给自己的温暖。今天这种感觉再一次回归，伍子胥鼻子一酸，这个相貌堂堂的七尺男儿，竟然差一点让自己的泪水夺眶而出。当那女子把烤鱼送

第一章 饮尽好时光：繁华背后的人间烟火

到伍子胥的手中时，两个人四目相交，伍子胥的心便莫名地动了一下，他知道，自己的爱情在这一刻生了根、发了芽。

那女子对伍子胥说："这种鱼的名字叫炙鱼，是家父太湖公自己创造的做法。"那夜是伍子胥逃亡以来最幸福的一夜，他与浣纱女的身影双双倒映在太湖之上，细风掀起的微澜把粼粼波光打碎，不时让两个人的影子交叠在一起。伍子胥离开浣纱女的时候，把自己家传的宝剑赠予她做定情信物，并向浣纱女许诺等自己安稳之后，定会来迎娶她。

只可惜，楚军很快便知道浣纱女收留了伍子胥，并把伍子胥安然送到了吴国，便逼浣纱女跳江自尽，那女子的父亲太湖公也连夜逃到了吴国。

著名京剧表演艺术家杨宝森在京剧《文昭关》里曾经这样来评价伍子胥与浣纱女相遇的爱情故事："浣纱女，心好善，一饭之恩前世缘。"

伍子胥逃到吴国后，得到吴国公子姬光（后来的吴王阖闾）的收留和重用。但伍子胥却久久不能忘记浣纱女给他做的美味炙鱼。姬光的弟弟公子姬僚是姬光继承王位最大的对手，当伍子胥听说姬僚尤爱食鱼的时候，再一次想起自己在太湖边吃过的炙鱼，便向姬光献计，派人去接太湖公和浣纱女进宫，结果得来的消息是浣纱女早已离开人间，太湖公逃到吴国。当使者找到太湖公的时候，他因为女儿的去世和对宫廷斗争的厌恶而拒绝进宫。伍子胥便又派勇士专诸拜太湖公为师，学习烤炙鱼的手艺。明朝冯梦龙的《东周列国志》第七十三回中有这样的记载："专诸遂往太湖学炙鱼。"

姬僚贪吃这道好菜，特来参加姬光的家宴，专诸置短剑于烤好的鲤鱼腹内，借上菜之机靠近姬僚，当场把姬僚刺死，专诸也被吴王卫队乱刀杀死。由这个故事，可见当时太湖公的厨艺是多么精湛。而一个国家的王子，为了能品尝一口炙鱼命丧黄泉，这也是历史上前所未闻的事情了。

太湖公父女可以说为伍子胥在吴国仕途的巩固立下了汗马功劳，伍子胥知道太湖公不喜为官，便在太湖边为他建食肆一座，让他的厨艺有了施展之地。

公子姬光顺利登基。姬光登基后，封伍子胥为大夫（相当于宰相的职务），让胸怀大志的伍子胥文韬武略得以施展。伍子胥帮吴王阖闾消灭了楚国，并掘楚平王墓，鞭尸三百，以报楚平王杀自己父兄之仇。

伍子胥是吴国的忠臣，一心一意为吴国国力的壮大和经济的富强而努力着，他在吴国进行了一系列有利于百姓的政治改革。他发动民众开荒造田，并三年不收开出荒田的赋税。不仅如此，他还出台了一系列减轻百姓赋税的政策，使吴国迅速强盛了起来。

吴国是水乡泽国，因水系不通，常闹水灾。伍子胥亲自带领民众开沟、挖渠，疏通河道，用三年时间疏通了从苏州胥门到太湖边的水道，使大量积水都排进太湖中，大大减少了吴国的水害。当时,沿江的百姓没有人不认得伍子胥。人人都从内心敬佩他、爱戴他,并把他带领大家修成的湖叫"子胥湖",把他带领修成的渠和堰叫"子胥渠"、"子胥堰"。

吴王阖闾死后,伍子胥辅佐吴王夫差打败了越国,并生擒越国国王勾践。伍子胥多次向吴王夫差建议杀了越王勾践,以免除后患。但越王勾践是一个能屈能伸之人,在吴王夫差面前委曲求全,处处装可怜,还对吴王夫差说:"如果大王能把我放回越国,我将年年向大王进献财宝和美女。"同时,他用重礼买通了吴国奸臣,也就是整天和伍子胥对着干的伯嚭,伯嚭在吴王夫差面前更是说尽了越王勾践的好话,昏庸而又荒淫无度的吴王夫差最终放回了越王勾践。

已经是头发花白、人到暮年的伍子胥,望着越王勾践返回越国的大船,内心如波澜一般翻滚了起来,他深深明白,吴国的强盛时期结束了,取而代之的将是越国。果然不久,越王送来越国美女西施和郑旦。吴王陷进温柔乡里,再不理朝政。性格直爽、敢于直言进谏的伍子胥,也深深明白,自己的人头说不定哪一天就会被吴王拿下,那么自己深爱的吴国百姓怎么办?他们怎么样才能度过战争年代?

果然不久,因为伍子胥的直言,吴王夫差不准他入宫。回到家的伍子胥开始用自己的钱财购买大量的糯米,并把糯米磨成粉压制成城砖大小的块状,再用干草包裹起来。

家人都不明白伍子胥这是要做什么，也都不敢问，而伍子胥却对自己的这项工程乐此不疲。糯米块积到一定的数量时，伍子胥便会在深夜把糯米块装进马车里运送出去，他运到了哪里，这些糯米块他用来做什么，却从来没有一个人知道。

伍子胥最终没有躲过奸臣伯嚭和越国超级"间谍"西施的陷害，被吴王杀了头。伍子胥在自己临终的最后一刻，心里装的依然是国家，是吴国的平民百姓，他临终前对自己的士兵说："我死后若国家有难，越国来攻打吴国，民众没有粮食吃，就到城门墙下挖地三尺，可找到吃的东西。"然后，伍子胥又一身正然凛气地对吴王夫差说："不信，我死后你把我的人头挂到胥门城头，我死也要看到越国打过来。"

越国的奸细很快便把伍子胥被斩的消息传送到越国。伍子胥是越国的心头大患，现在越王一听伍子胥被处死，心中大喜。没过多久，越国便打到了吴国。此时正是隆冬季节，吴国的百姓饥寒交迫、流离失所。这个时候，士兵们想起了伍子胥的临终遗言，急忙按他的说法去挖，果然从城墙下挖出了大量的糯米块，这些糯米块帮吴国百姓度过了最为艰辛的时光。

年糕

佚名

年糕寓意稍云深,白色如银黄色金。
年岁盼高时时利,虔诚默祝望财临。

一位诗人望着这洁白而又充满馨香的糯米块,再想到伍子胥为吴国献出了生命,便有感而发写出了这首流传后世的作品《年糕》。只可惜,在战乱年代,多少文学家的名字和作品都被埋没在了烽烟战火之中,都变成了历史长河里无名的沙砾。

这首《年糕》诗充满了对美好、幸福、和平生活的向往,只是因为当时战事纷纷,人们只记住了这首诗歌的标题和内容,而把诗歌创作者的名字逸失了。借着这首诗歌的名字,人们把这种压成砖块的糯米制品叫年糕。每当春节的时候,尤其是南方人的春节,年糕成为他们的必备品。吃年糕,给孩子讲伟大的政治家、军事家伍子胥的故事,既用来纪念伍子胥,同时象征着我们当下日子的甜蜜与幸福。

风飒飒兮木萧萧

怀沙（节选）

战国楚国：屈原

浩浩沅湘，分流汨兮。脩路幽蔽，道远忽兮。曾唫恒悲兮，永叹慨兮。世既莫吾知兮，人心不可谓兮。

怀质抱情，独无匹兮。伯乐既没，骥焉程兮？

万民之生，各有所错兮。定心广志，余何畏惧兮？

曾伤爰哀，永叹喟兮。世溷浊莫吾知，人心不可谓兮。知死不可让，愿勿爱兮。明告君子，吾将以为类兮。

屈原，你用一个优美的姿势成就了一段永恒的传说，所有的故事都用这个决然的姿态定格。从此，滚滚汨罗江用日夜不止的哭泣声在岁月的长河里奔流。马蹄声响起的青石板上溅起忧伤的泪珠，世人在高亢的号子声中划着龙舟，祭奠着你高傲的灵魂、爱国的情操。我们不想再从你的《楚辞》里指点江山，你的这首《怀沙》是你的绝世之作，写完后，你便怀抱沙石，将自己的肉体义无反顾地投进汨罗江中。你飞身这一跃，2000多年来，不知道打湿了多少世人的眼睛，不知道让多少文人墨客为你的正义、为你的凛然与气节而留下赞美你的诗词歌赋，用一颗虔诚的心评写你这不朽的伟大篇章。

可是，如今的我们却不明白你离开人世后，世人为什么会用吃粽子划龙舟的方式来祭奠你，是谁先用这种方式来祭奠你的，这个人与你的关系又是怎样的。一直以来，陪伴在你身边的那个女子也如谜一般，引起后人的猜想。

在《九章》里，你种植着自己的爱情，可你终究没有泅渡出那朵桃花的幽怨。《离骚》里那个名字叫女媭的女子，成为你留给后人的永远无法猜透的谜语。女媭因为爱你让自己低到了尘埃里，她用自己的平凡，成就了一个伟大的传说。在那些放逐流浪的岁月里，是女媭从黑暗与饥饿里，帮你一次次点燃生命的灯盏。在你文字灵魂的深处，一直有女媭的身影做伴。你的一跃成就了不朽的爱国诗篇，而女媭的一跃成就了你爱情的圆满。

沸腾的江水，在那晚彻夜未眠，用路过的风，在江心为你们画了一座暖房，住进了所有的冬天和春天。历史的扉页里每一道缺口都不再是痛苦和寂寞的低吟，暖房里你们一起供养着爱情。爱情里，她抚琴，你舞剑。

屈原（前340/339—约前278年），名平，字原，又自云名正则，字灵均，楚武王熊通之子屈瑕的后代，楚国大夫，汉族，出生于战国末期楚国丹阳（今湖北省宜昌市秭归县）。他是中国最早的大诗人之一。继吴起之后，在楚国另一个主张变法的政治家就是屈原。

中国诗人、剧作家、历史学家、古文字学家、社会活动家郭沫若先生在他最震撼人心的剧作《屈原》里塑造的那个名字叫婵娟的女子，便是根据女嬃的原型改编而来的。郭沫若创造婵娟这个人物形象，是把她当作"诗的魂"、"光明的使者"、"道义美的象征"来写的。她是"屈原辞赋的象征"。她的威武不能屈、富贵不能淫的品质和雷电般的斗争精神以及爱国情怀，像屈原一样让人敬佩与敬重。她的思想品德是屈原精神的继承、屈原精神的活化。本剧的结尾，更是象征着婵娟的精神在火的洗礼中获得永生。

女嬃在屈原投江的第二天，也纵身投入汨罗江，追随屈原而去。有人说她是屈原的姐姐，可是作为姐姐，她不可能追随屈原一生，旧时女子结婚一般都在十六七岁，超过二十岁不成婚的女子便少之又少。屈原初次流放是公元前304年，年龄已是30多岁，所以只这一条，便完全可以把女嬃是屈原的姐姐这一说法排除在外。有人说她是屈原的丫鬟，如果是丫鬟，她不会爱到以身殉情，最多也就是改嫁他人罢了。可是清高自傲的屈原，在他的情诗《九歌》里，从来没有提过这个女子。但在《离骚》中，屈原却两次提到女媭，第一次提到的是女媭骂他为人的正直："鲧玄就是因为刚正不阿被杀死在羽山之野，世人都结党营私只顾自己，你为什么一意孤行听不进劝告？"还有一句："女媭之婵媛兮，申申其詈予。"这句话的意思是："女媭最懂我心所想，反反复复劝我要口吐真言。"从中可见女媭既敢责骂屈原，又深知屈原刚正不阿的性格。在现实里，除了妻子能和自己的老公这样说话之外，怕别人是不可以的吧？

女媭用仰望的姿势望着屈原，爱他才气、惜他为人。所以当屈原被流放，身边的人一一离开的时候，唯一没有离开的人便是女媭。屈原疼时，她为屈原烧酒浇愁；屈原乐时，她为屈原抚琴吟唱；屈原写作时，她为屈原烹茶煮饭。用最简单的人间烟火，调整着屈原清淡的日子。就此，两个人在最艰辛的自然环境下让爱情潜滋暗长了出来。屈原第一次被流放，在女媭的陪伴下，他写了流传后世的惊世之作《离骚》。

离骚（节选）

战国楚国：屈原

汩余若将不及兮，恐年岁之不吾与。朝搴阰之木兰兮，夕揽洲之宿莽。

日月忽其不淹兮，春与秋其代序。惟草木之零落兮，恐美人之迟暮。

不抚壮而弃秽兮，何不改此度？乘骐骥以驰骋兮，来吾道夫先路。

"时光如梭，我害怕自己抓不住这飞逝的流年。我沐浴着清晨的阳光，去山坡摘木兰花。傍晚，我披着一肩夕阳在洲畔采摘宿莽。时光匆匆、日月交替，春天与秋天更替登场。春草枯萎，树上落叶纷飞，真的害怕美人韶华失去、霜染华发。既然现状那么糟糕，有那么多的贤良人士你不用，为什么偏偏听那些奸臣的逸言？有那么多的法规都不合乎时宜，为什么就不想着废除并改变它？只有乘着良马龙驹才能奔跑得更快，我愿意做你的向导，一路先行。"

在这段里，屈原既写出了自己被流放的生活现状，又写出了自己永远不会放弃的远大抱负与理想。而屈原被流放时，唯一陪伴在他身边的女子便是女媭，可见，这里屈原所指的"恐美人之迟暮"便是女媭了。那时，女媭与屈原住在桃花江畔的后山，他们在那里搭了一个草房，山坡上种满了兰花和宿莽（今水莽草）。所以屈原才会在《离骚》里写下朝采兰花、夕摘宿莽的句子。而兰花代表着屈原君子的性格和他与女媭之间爱情的互敬互重，以及两人之间的心心相印。

公元前296年，屈原二次流放，并永不得再返回郢都。

在他被流放的18年间，屈原的生活可以用饥寒交迫、穷困潦倒来形容，而他身边唯一陪伴他的依然只有女媭一个人。楚国地处南方，气候温暖，土壤肥沃，水草丰美，适宜种植水稻，楚人以稻米为主，以渔猎为辅，野生动植物的种类和数量也较多。女媭便自己开垦荒地，种植蔬菜与水稻。屈原本是一介书生，从小生活在优越的环境之中，可以说是五指不沾染人间烟火，对于在农田里的劳作更是不会。但自从被流放后，他跟着女媭学会了劳作，学会了采摘野菜、中草药。因常年流放再加上饮食的不规律，他的身体特别虚弱。女媭便把米淘洗干净连同大枣放进鼎里一起用文火蒸煮，不一会儿的工夫鼎里便会散发出浓烈的米香混合着枣香的味道。

当屈原出门的时候，女媭便会从芦苇荡里采摘来芦苇叶，把这些散发着浓香味道的红枣米饭包进芦苇叶里，既保温又方便让屈原携带。那时候的酿酒业已经非常发达，屈原是一个信奉鬼神的人，女媭便会再帮屈原装上一壶硫黄酒带在身上，因为那时的人认为硫黄酒有治疗恶风和驱鬼辟邪之作用。每每做这些的时候，女媭就会想起屈原为她写的那首《山鬼》。

一次屈原外出，天已经很黑，再加上天气不好，风很大，风里还带着雨的气息。女媭因为担心屈原的安危，便拿了雨伞出门去接屈原，结果她站在树林中迎着风，痴心等待屈原的样子，正好落进从远处走来的屈原的眼睛里，两个人回家后，屈原便写成《山鬼》这首诗来赠予女嬃。

山鬼（节选）
屈原

采三秀兮于山间，石磊磊兮葛蔓蔓。怨公子兮怅忘归，君思我兮不得闲。
山中人兮芳杜若，饮石泉兮荫松柏，君思我兮然疑作。靁填填兮雨冥冥，猿啾啾兮又夜鸣。风飒飒兮木萧萧，思公子兮徒离忧。

这首诗的大致意思是："我在山间采摘三秀，交叠的石头里那些藤蔓纠缠在一起。心里抱怨着你而怅然忘记回家，我知道你也思念我，只是因为没有时间才没有到来与我相见。生长在山中的我就像杜若般芳洁，口渴了就饮石泉，累了就在松柏下休憩。你想我究竟是真是假？雷声滚滚，细雨蒙蒙，我悲哀的心里如猿啼一样啾啾作响。风声飒飒，落木萧萧，我这样悲伤地思念你，只因为没有见到你而感到无边的忧愁。"每每想到这首诗词，女嬃都会感觉自己内心幸福无比，哪怕日子再苦、再累，只要能伴在心爱人的身边，天涯处处是吾家。

因为两个人生活贫困，用钱来买鱼，他们是买不起的，但每当江水落潮的时候，女婴都会到江滩上捡拾许多活蹦乱跳的鱼、虾，回到家给屈原做成可口的饭菜。尤其是那些小鱼和小虾，如果捡拾得多，女婴都会把它们淘洗干净在太阳下晒成干，然后带在流浪的路上，供他们食用。这也许是最早的天然鱼干、虾仁与虾皮的由来。在那时，人们已经发现了许多可以食用的野生植物。女婴更是一个会就地取材之人。她会挖来野菜，把野菜和鱼干一起蒸煮，往往能做出不一样的味道。在寒冷的夜色里，食着女婴做的野菜羹，往往会让屈原感觉内心温暖而又幸福。这样的饭菜，不仅可以驱赶身体里的寒冷，更可以驱赶心里的孤单与寒冷。每当这样的时候，屈原内心总是感触颇深，如果不是一直以来女婴对自己的陪伴，只怕自己早就横尸荒野了。

不仅如此，女婴还教会了屈原认识许多中草药，在屈原的《离骚》里，写有关中草药的诗词就有 19 首之多，涉及的中药名字多达 50 多种。诗中一些中草药的形态、生长、栽培、采集都被他描绘得栩栩如生，如"扈江离与辟芷兮，纫秋兰以为佩"，"余既滋兰之九畹兮，又树蕙之百亩。畦留夷与揭车兮，杂杜衡与芳芷"几句中，留夷、揭车、杜衡、芳芷都是中草药名。

虽然政局不定，虽然人情凉薄，虽然一路充满苦难与艰辛，但屈原却从女婴这里享受着人间最温暖的爱情。试想，如果屈原一路没有女嬃作陪，病了没有中草药的治疗，饿了没有充饥的食品，怕真的就如屈原自己所思所想的那样，他早就冻死或者饿死荒野，怕也无法给世人留下他那绝美的一跃了。

就这样，女嬃用自己执着而又深情的爱，打理着屈原的日食住行。所以屈原虽然被流放18年，一直到他60多岁投江自尽，他的身体都是健康而又硬朗的。也正是女嬃的照料让他在两次流放期间写出了伟大著作《离骚》《九章》等。在他最后投江的时候，更是写出了惊天地、泣鬼魂的作品《怀沙》。

屈原就是屈原，与众不同的屈原，虽然女嬃给了他人间最温暖的爱情，但在他的心里，国家永远大于儿女私情，国不安，家又怎么能平安、幸福？

公元前278年的五月五日，屈原满怀惆怅，独自一人来到汨罗江边，想起秦国已经攻下楚国并占领郢都，忧伤由心而生。一个渔夫望着屈原消瘦而憔悴的面容问道："您不是三闾大夫吗？怎么这样忧伤与憔悴？"屈原便回答说："举世混浊唯我独自清白，官场里的人都醉生梦死唯有我清醒。"渔夫便说："通达事理的人对客观时势不拘泥执着，而能随着世道变化推移。举世都污浊了，为什么不随波逐流甚至推波助澜？众人都醉了，为什么不吃下他们的酒糟、喝掉剩下的酒，同样醉生梦死？为什么要思虑得那么深远，表现得那么清高,而使自己遭到放逐呢?"屈原道:"我听说,刚洗过头的人一定要把帽子拍干净才戴上,刚洗过澡的人一定要把衣服抖干净才穿上。怎么可以用洁净的身体去承受污秽的东西呢?我宁可投身到江流中,葬身在江中的鱼肚里,也不愿用清白的人格去蒙受人世间的尘土。"说到此处,屈原的心悲愤到了极致,写下自己人生最后的绝笔——《怀沙》,然后怀抱石块,让自己沉到了江底。

怀沙(节选)

战国楚国:屈原

离娄微睇兮,瞽以为无明。
变白以为黑兮,倒上以为下。凤皇在笯兮,鸡鹜翔舞。
同糅玉石兮,一概而相量。夫惟党人鄙固兮,羌不知余之所臧。
任重载盛兮,陷滞而不济。怀瑾握瑜兮,穷不知所示。
邑犬群吠兮,吠所怪也。

这是屈原《怀沙》里面的句子,字里行间深刻体现着这个伟大诗人望着这个黑白颠倒的世界,空有一腔爱国心却又怀才不遇而感到忧郁与悲伤。那种毅然,那种与这个世界的决绝也都一一表现而出。

当女婆听说屈原投江自尽的消息时，整个人呆住了，连时光都在她的目光中瞬间凝固而不敢再向前跳动一分一秒。她想哭，可是眼里不知道为什么就是流不出泪水，她想喊叫，可是喉咙却一下子被堵塞上了，然后在天旋地转中让自己的身体扑倒在地上。

当女婆悠悠然在众人的目光下醒转而来的时候，已经是第二天的早上。女婆轻轻起身，要众人帮自己简单梳洗了一下，然后开始下厨做红枣米饭。女婆又把温热的黄酒装进了屈原平时用的葫芦里，然后来到江边，借来渔夫的小船，独自一个人向着江心轻轻划去，一边划，一边把自己包的红枣米饭投进江里，把黄酒洒进江心。乡邻们望着女婆禁不住都潸然泪下。当女婆倒尽最后一滴黄酒，投下最后一包红枣米饭后，她望着刺目的阳光，轻轻一笑，纵身也跃入汨罗江中，完成了自己的人生之旅。

后人管女婆做的这种食物叫"粽子"，为了纪念伟大的爱国诗人屈原，人们把每年的五月五日叫"端午节"，每到这个节日，人们便会包粽子、赛龙舟，以表达对屈原的怀念与敬慕。与其说是在这样的节日来怀念屈原，倒不如说是人们在表达内心对和平的期望，对公正、公平以及对美好生活的向往。幸福、平安的生活来之不易，我们真的应当珍惜！

第一章　饮尽好时光：繁华背后的人间烟火

龙凤喜饼是媒证

> 吴蜀成婚此水浔,明珠步幛屋黄金。
> 谁知一女轻天下,欲易刘郎鼎峙心。
>
> ——罗贯中《三国演义》

从罗贯中的《三国演义》里打开一代帝王刘备传奇的一生,他在自己的金戈铁马里打着天下,谈着爱情,在酒水与美食里浪漫着自己的人生。

刘备(161—223年),字玄德,东汉末年幽州涿郡涿县(今河北省涿州市)人,西汉中山靖王刘胜的后代,三国时期蜀汉开国皇帝,政治家,史家又称他为蜀汉先主。

文章开头的这首诗歌,写的便是刘备用诸葛亮的妙计巧借荆州的故事。这句"谁知一女轻天下,欲易刘郎鼎峙心"里的"一女",指的便是孙权的妹妹孙仁,也就是刘备的妻子孙夫人,人送外号孙小妹的女子。谈起刘备与孙夫人的爱情故事，人们往往会想到孙权弄巧成拙因为一份美食而成就妹妹美好姻缘的故事。

孙权得知刘备借荆州的真正目的后，为了向刘备讨回荆州，便骗刘备说愿意把自己的妹妹许配给刘备，想让刘备在来迎娶自己的妹妹之时，困住刘备，然后用刘备再换回自己的荆州。

刘备得到此消息后，内心是一喜加一忧。

这一喜便是：原来刘备在几年前因为战争失利东奔西走之时，曾经在长江边上遇到过孙权，那时的自己正处于人生最落魄之时，而孙权却视刘备为好友，并设酒宴招待自己。刘备在孙权的酒宴上与孙小妹相识，见到孙小妹的第一眼，刘备的心便为之一动，只见这孙小妹长得是眉清目秀，举止落落大方，完全没有小女子的忸怩之态。更为重要的是孙小妹文武双全，英姿飒爽的气质一点不输自己的兄长。情不自禁中，刘备便对孙小妹生出了爱慕之情。只可惜自己当时实在落魄，不能给孙小妹一个美好的未来，只好把这份情愫悄悄放进了心里。现在孙权主动要把妹妹许配给自己，如果能娶到孙小妹这个集美貌、才气、果敢和武艺于一身的女子，自己怎么能不高兴、不开心？更为重要的是孙小妹深得其母的喜爱，而孙权又是大孝子一个，如果真能和孙小妹联姻，东吴对自己造成的威胁会越来越小。

至于这一忧便是：刘备从内心深深明白孙权把孙小妹许

配给自己的真实目的，如果自己不答应这门亲事，显得自己小气，如果答应了，怕自己就要中了孙权的"鸿门宴"之计。

足智多谋的诸葛亮羽扇一摇，再一次帮刘备设下一计，那就是假戏真做。于是，两个人商定先做一样美食，送给东吴的老百姓和大臣们，要每家每户都送，送的时候一定要称这种美食为喜饼，是刘备与孙小妹要成亲的喜饼。总之，一定要让刘备与孙小妹要成亲的喜事让荆州与东吴家喻户晓。然后，刘备与诸葛亮再想办法设计将此事告知吴国太（孙权之母），只要吴国太知道，孙权便不敢扣留刘备，这桩婚事便算弄假成真了。

说办就办，于是刘备晓喻各地，征集民间美食家、糕点师为他制作去东吴成亲的礼品。可是一些食品店家一听这喜饼要带着巨大使命，一个个都胆怯了起来，怕做不好误了刘备的喜事，又砸了自己的生意，一个个都不敢主动来接这个活计。这时，有位做了大半辈子面食、糕点，家住朱家河村的朱师傅，得知此事后，主动请命来到了刘备的军营，开始大显身手。

只见这朱师傅把发酵好的白面擀成一个圆形的小底座，把用蜂蜜拌成的芙蓉馅放进面团里包好，压成块状，又把大面块一个个拽成小团状，在案板上用手捏来揉去，不一会儿，一个个块状的甜点上，便形成了两个图案，一个是龙，一个是凤。朱师傅把这些精美的图案都摆放到那个圆形底座上，用以象征花好月圆、龙凤呈祥、吉祥如意。这喜饼出笼后，皮如黄金，外酥里脆，既具有荆州的酥脆风味，又具有东吴的清甜特点，十分爽口。刘备和诸葛亮一品尝连连点头，令其制作一万枚，让赵云带兵派送到城里的各家各户。每送一户，便对这户人家唱一句："刘备东吴来成亲，龙凤喜饼是媒证。"不到几天工夫，城里老幼都知道刘备到东吴成亲的事情了。与此同时，刘备还买通了东吴一员可以在孙权王宫出入的大将，让他把消息带进了孙权的皇宫之中，就这样，消息很快传到了吴国太的耳朵里。

刘备带着厚礼，骑着高头大马，浩浩荡荡到东吴来娶孙小妹了。吴国太欢喜地帮刘备和孙小妹主持了婚礼，就这样，孙权干瞪着眼睛，望着刘备把自己的妹妹娶回了蜀国，自己是有苦难言，有泪无处流。而刘备却与孙小妹夫妻恩爱，两个人每天舞着刘备的双股剑，在一起练习剑法，如此神仙美眷，怎能不让世人羡慕？

后来刘备为了赏赐这位做喜饼的朱师傅，特意在他的家乡朱家河修建了一个龙凤喜饼店。诸葛亮为店提名，写了"吴永凤"的牌匾。从此，龙凤喜饼便成了朱家河一带老百姓娶亲嫁女的至上礼品，甚至有"礼饼方为礼，其他不为礼"的说法。

人情势利古犹今，谁识英雄是白身。

安得快人如翼德，尽诛世上负心人。

——罗贯中《三国演义》

除了刘备以外，关于张飞，也在民间流传着一段与美食和爱情相关的故事。上面是《三国演义》里，专门描写张飞为人和性格的一首诗。从这首诗里，我们一眼便看到了张飞性格里的大义、豪迈与侠情。

说起张飞，别看他外表粗鲁，却是个内心非常细腻之人，他凭着自己的本领，把自己的小酒店和卖肉摊子，经营得风生水起。在当时那个年代，张飞的家也要算是小康人家了，有娇妻在身边，所以张飞可以天天酒肉穿肠过。说起张飞的爱情与事业，还真是都与美食有关的。一直到现在，民间仍在调侃张飞的爱情，用一句当下的网络流行词"粗汉子爱上小萝莉"形容一点都不为过。

在民间有两种名吃叫"张飞牛肉"和"擂茶饼"，这两样东西，其实是张飞为了自己的爱情精心设计的。

一次，张飞遇见夏侯女，并被她的美貌与贤良所吸引。张飞知道夏侯女的哥哥从霸喜吃牛肉，每次到自己的小酒店打酒，必会再买二斤牛肉相配作为下酒的食物。张飞便动起了心事，他知道，自己要想接近夏侯女，就要先过了她哥哥这一关。于是，张飞把牛肉切成一斤左右的块状，在其表面涂抹盐和花椒，涂抹好后，找个盆把牛肉装起来，等其盐分慢慢渗透进去后,他又把吃透盐分的牛肉吊起自然风干。然后又准备足够燃烧四个时辰的柏树枝,把这些树枝点燃,使火焰保持在将熄未熄的状态,此时柏树枝会释放出大量的浓烟,将风干的牛肉挂在这堆柏树枝的上面烘烤,牛肉很快变黑。把烘好的牛肉再次挂起风干一天,待烟气散尽,即成。这就是后来有名的美食"张飞牛肉",也叫"熏牛肉"。

张飞做成这道美食,用了快二十天的时间,当从霸的家人再来买酒时,张飞便把这道美食送给了从霸。从霸吃后赞不绝口,有了想和张飞认识并结为朋友的意愿。从此,张飞成了从霸家里的常客,两人饮酒比武成了好朋友,自然而然地,张飞便与夏侯女相识并相恋。

张飞知道夏侯女喜素食,自己便又用绿茶和面,加上鸡蛋果仁等做成一种香醇甜美的饼,这种饼烤出来后呈绿色,样子好看,食之香甜。美丽的夏侯女,被张飞的武艺、厨艺、细致和周到所深深感动,从此两人恩爱携手,共度一生,成为《三国演义》里又一对神仙眷恋。后来张飞辅佐刘备后,常常在行军打仗过程中给战士们做这种饼吃。因为张飞的勇猛,战士们吃完这种饼往往会齐声高呼:"身是张翼德,敢来共决死!"张飞一生对爱情忠贞,无论身在何处,无论遇到什么美色的诱惑,他都视而不见。

可见张飞这个外表粗鲁、内心细腻的汉子,不仅武艺高强,更是性情中人、美食家一个,他的厨艺足可以和那些古代的名厨们相媲美。

  《三国演义》不仅充满打仗布阵的智慧，还是一部介绍美食的经典名著。

不求闻达于诸侯

煎饼赋

佚名

千卷金丝七里香,层层薄脆万人尝。
神州处处人人慕,一口新鲜满院芳。

一层又一层薄如蝉翼的煎饼折叠在一起,卷上甜味酱和大葱,或者自己喜爱的小菜,放进嘴里轻轻咬上一口,那种香甜的滋味立刻直达心扉。望着别人品着这样的美味,任谁能不羡慕呢?这是一首称赞山东临沂一带特色名吃煎饼的诗歌。这首诗歌的作者虽然已经不知道是谁,但这首让人一读就读到流出口水的诗歌,却在民间广为流传。

煎饼的起源,最早可以追溯到三国时期。煎饼为山东南部和西南部的临沂、泰安、枣庄、济宁等地区的家用主食,毋庸置疑地成为鲁菜系的一道名吃。煎饼的历史是如此久远，那么它是怎么来的呢？是谁发明了它呢？就让我们再一次走进《三国演义》，请出又一位历史传奇人物吧。

诸葛亮（181—234 年），字孔明，号卧龙（也作伏龙），琅琊阳都（今山东临沂市沂南县）人，三国时期蜀汉丞相，杰出的政治家、军事家、散文家、书法家、发明家。在世时被封为武乡侯，死后追谥忠武侯，东晋政权因其军事才能特追封他为武兴王。其散文代表作有《出师表》《诫子书》等。曾发明木牛流马、孔明灯等，并改造连弩，叫作诸葛连弩，可一弩十矢俱发。于建兴十二年（234 年）在五丈原（今宝鸡岐山境内）逝世。

"鞠躬尽瘁，死而后已"，是诸葛亮一生伟大人格的写照。在历史上，我们只知道他是一位杰出的政治家、军事家、文学家、书法家、发明家，却不知道，他还是一位美食家，是一位能用简单、有限的食材创造出精美的食品来，让自己带领的队伍在没有粮草的情况下，也能吃饱喝足的美食家。

诸葛亮刚刚出山的时候，因为刘备兵微将寡，常被曹军追杀。一次，诸葛亮带领的军队被围在沂河，他们经过一路逃跑，锅灶全部丢失，军粮也失了大半，他望着疲惫的队伍，只见将士们饿得一个个东倒西歪再也迈不动步伐。诸葛亮正一筹莫展的时候，一个手里拿着铜锣的将士，因为过累，手里的铜锣掉到了地上，清脆地响了一声。诸葛亮望着掉在地上的铜锣，灵机一动便有了注意。他让伙夫用水把面粉和成糊状，铜锣置于火上，用木棍将面糊在铜锣上摊平。那些面糊在铜锣上很快成为一个个圆圆的薄饼，散发出来的香味更是诱惑着将士们的味觉。这些薄饼吃到口中香甜、美味，并且特别压饿。将士们吃饱后士气大振，杀出重围，打败了曹军。因为这薄饼是从铜锣上煎出来的，后人便把这种美食叫煎饼。经过一代又一代的改良，现在的煎饼口感更好，并且那些用五谷杂粮做出的煎饼，成为健康饮食理想的主食选择。

在《三国演义》里，诸葛亮的美是出了名的，罗贯中把诸葛亮描写成了一个多才多艺的美男子，而他的妻子黄月英却被写成相貌极为丑陋却又集聪慧和灵敏于一身的女子。那么，黄月英这个在中国历史上号称四大丑女之一的女子，是用什么办法获得诸葛亮的青睐的呢？

民间关于黄月英长相的传说有两个版本。一个版本说她模样是真的极为丑陋，诸葛亮是看中了她的才气与智慧才娶的她，而另一个版本却说黄月英是一个集美貌、才气、智慧于一身的女子，因为她太过出众，让别人嫉妒不已，所以别人才根据她的姓氏，编造故事把她说成黄发、黑脸的长相丑陋的女子。其实我们不妨试想一下，在我们周围生活的亲人和朋友，只要是头发发黄，他们的皮肤通常会是非常细腻与白皙的。所以说黄月英黄头发、黑皮肤这一说法的可信度不高。黄月英出身富贵人家，父亲黄承彦是南郡大士蔡讽的女婿，与襄阳名士上层社会圈子中的庞统（凤雏）、庞德公、司马徽、徐庶等人交好。由此可见，黄月英的父母也都是非常出众的人物。所以，关于黄月英的第二个版本的可信度更高一些。

据说，黄月英的师傅也是一个极为了得之人，她把一生所学都传授给了黄月英，并认为她与诸葛亮的美满婚姻本就是上天所注定的。黄月英在学师归来时，她的师傅送给她一把鹅毛扇，上面写着"亮"、"明"两个字，这两个字正好是"诸葛亮"和"孔明"的简写。而黄承彦当时和诸葛亮是朋友，为了试探诸葛亮是否爱自己的女儿，他故意在诸葛亮面前称自己的女儿为"阿丑"。黄月英对诸葛亮也是爱慕不已，为了在诸葛亮面前展示自己的才能，她故意用了几次小心计。

一次，诸葛亮来拜访黄承彦，突然门内跑出几只大狗，对着诸葛亮狂吠不已，吓得诸葛亮连连后退，惊出了一身冷汗。这时候黄承彦走来，只见他轻轻用手一拍狗头，那些狗便定在原地不动了，原来这是几只机械狗。诸葛亮望着这几只栩栩如生的狗，惊叹不已，更是从内心对制造这个机械狗的人充满了好奇，黄承彦却轻描淡写道："这是女儿阿丑的玩物。"

黄承彦领着诸葛亮来到了自己家的花园，花园里繁花似锦，各种应季的植被重叠交错，那些层次分明的花正在盛开，真是花香扑鼻。诸葛亮望着花园里的花，禁不住又从内心赞叹不已，这样的花园构造，可以把一年四季的花儿都尽收眼底了。黄承彦却又对诸葛亮道："这些花都是小女种植和打理的。"

久而久之，诸葛亮便对黄承彦的女儿黄月英产生了极大的兴趣，被她的才气和智慧深深折服，并主动向黄承彦提出想认识黄月英。黄承彦知道，女儿的目的已经达到，但为了考验诸葛亮，他却又对诸葛亮说道："小女相貌极丑，怕吓着先生。"但诸葛亮已经被黄月英的才气和智慧折服，不但不嫌弃黄月英丑陋，还主动向黄月英求婚。黄承彦索性就坏人做到底，又对诸葛亮道："小女怕你悔婚，在你们没有成婚前，她不想与你相见。"诸葛亮毫不在意地说道："只要岳父大人愿意把月英嫁给我，什么条件我都答应。"在两个人的婚期只剩下最后一个月的时候，黄月英又给诸葛亮出了难题：迎娶她的时候，不准诸葛亮用轿子、马车和旱船来接自己过门。

诸葛亮满口答应了下来，他也深信自己能创造出迎娶黄月英的工具，如果真创造不出来，大不了到时自己把她背回家中，因为她并没有说不允许自己把她背回家中。两个人新婚那天，许多人都来围观这场特殊的婚礼，看诸葛亮用什么办法把黄月英娶回家中。结果只见诸葛亮和自己的书童驾着一辆像牛又像马的大车轰隆隆而来，人们望着这个新鲜玩意惊诧不已，纷纷赞叹着这辆车子外表的奇特和功能的奇异，纷纷问诸葛亮的书童这个东西是什么。书童回答说这是诸葛先生制造的"木牛流马"。就这样，黄月英成为历史上第一个坐木牛流马的人，风风光光把自己嫁给了诸葛亮。

其实根据《三国演义》里的描述，这个木牛流马的功能像极了现代汽车，它应该是现代汽车最早的前身了。如果这个木牛流马不是因为战争而失传，也许第一辆汽车就会诞生在中国了。

诸葛亮是真的爱上了黄月英，没有丝毫犹豫地娶了黄月英为妻。其实，在三国之前，新娘子结婚是不蒙红盖头的，但黄月英为了考验诸葛亮，新婚之夜，她给自己蒙上了红盖头，看诸葛亮是否愿意揭开红盖头，看她的容颜。结果诸葛亮没有丝毫犹豫地揭开了新娘子的红盖头，望着花容月貌、美若天仙的黄月英，诸葛亮自己都惊呆了，他没有想到，黄月英的真实模样与传说中的模样竟然相差十万八千里，站在自己眼前的这个美人，足够媲美大乔与小乔，足够媲美自己所见到的任何一个美人。

从此夫妻两人夫唱妇随，黄月英用自己的聪明才智协助诸葛亮解决各种难题，为诸葛亮烹茶煮饭、生儿育女。

相传诸葛亮为安定后方而进军西南，在横渡泸水时，因瘴气弥漫，过河的士兵中那些体弱多病者纷纷中毒，倒于水中而溺亡，军队再难以向前挺进。诸葛亮面对此情此景心急如焚,无奈之下只好去祭奠河神,求神降福惩魔,保佑生灵。此时巫师对诸葛亮说:"要用牛羊和七七四十九颗人头来祭奠河神,你才能顺利渡过大江,众士兵才能解除毒素。"

战场上的生死是为了江山,如果让自己再去杀无辜的生命,诸葛亮是万万不愿意的。一筹莫展的诸葛亮回到家中,把巫师的话告诉了妻子。黄月英轻轻一笑对诸葛亮说:"这件事情由我来做,保证让你顺利渡江。"说完,黄月英亲自下厨,用小麦粉和成面团,把猪肉放进面团里,然后放进锅里蒸,蒸出来的这些面团一个个光亮洁白,像极了人头的模样。黄月英为了让这些面团更像人头,便又弄来些颜料,在上面点上了红色的圆点,这下,这些"人头"更加生动了起来,不一会儿工夫四十九个白白净净的"人头"便捧到了诸葛亮的面前。

诸葛亮大喜,拿着这些面团去祭祀河神,祭祀完后,诸葛亮又把这些祭品分发给饥饿的士兵们,士兵们吃饱喝足,一气渡过了大江。这些面团便是馒头的由来,因为是这些面团免去了对生命的杀戮,它一开始代表的就是人头,所以人们便称这种面团为馒头,代表吉祥与平安。后来,人们在为儿女操办婚事的时候,也渐渐形成了赠送馒头的习俗。

第一章 饮尽好时光:繁华背后的人间烟火

馒头

宋朝：岳珂

几年太学饱诸儒，余伎犹传笋蕨厨。
公子彭生红缕肉，将军铁枚白莲肤。
芳馨正可资椒实，粗泽何妨比瓠壶。
老去齿牙辜大嚼，流涎才合慰馋奴。

  这是宋代文学家岳珂写的一首馒头诗，这首诗歌的大致意思为："在学校里几年下来饱读诗书，那些野生的蘑菇和雨后春笋都成为厨房里的美食，同窗好友彭生用红缕肉做馒头馅，将军铁枚揉出的白面如白莲花一般散发着光泽。馨香里散发着花椒籽的味道，因为都是那么笨手笨脚，做出的馒头足够可以和瓠壶的粗糙相比了。哪怕是掉了牙齿的老人也可以大口大口来吃这松软的美食，馒头香甜可口的味道足够来慰问这些馋嘴的同窗好友们。"此首诗歌不仅把馒头的色香味都淋漓尽致地描写了出来，更是充满了生活的情趣，描写出了同窗之间美好相处的友谊。

  在唐宋之前，无论是带馅的还是不带馅的都统称为馒头，并且那时的馒头已经被中原地带的居民们广为食用。就这样，馒头被一代一代地流传下来，再到后来，带馅的被称为包子，不带馅的称为馒头。

现在，馒头已经成为我们饭桌上的一大主食，尤其是北方人食用馒头更为普遍。在北方很多地区，每逢过春节都有蒸馒头的习俗，所蒸馒头花样百出。有用大枣蒸出的枣花馒头，这种枣花馒头一个个都是花朵的模样，有的像梅花，有的像百合，还有重叠在一起的荷花的模样，捧在手心里有一种让人不忍下口的感觉。

过土山寨

北宋：黄庭坚

南风日日纵篙撑，时喜北风将我行。
汤饼一杯银线乱，蒌蒿数筯玉簪横。

面食中，除了馒头还有面条。北宋著名文学家、书画家黄庭坚用一首《过土山寨》把一碗面条描写得活色生香，让人食欲顿生："……在白瓷碗里一根根银线泛着生活的光彩，那些绿色的蒌蒿如玉簪一般静卧在银线的上面。"

其实，我们餐桌的日常食品面条也和诸葛亮、黄月英有着不可分割的关系，让人禁不住从内心赞叹。罗贯中的《三国演义》真的不愧是一部文学宝典，包含了从军事到教育，从爱情到家庭，又到人间烟火里的吃穿住行，可以说是包罗了人生万象。

一次，黄月英的父亲黄承彦生了一场大病，久治不愈，这可愁坏了诸葛亮和妻子黄月英。转眼到了黄承彦六十岁生日，黄月英望着父亲精神萎靡不振的样子，便问他想吃什么，黄承彦思索了半天，也没有想起自己想吃的东西。黄月英在家的时候，总是喜欢变着花样给父亲弄好吃的，她信步来到厨房，看到家里的厨子正在和面团做寿桃。黄月英突然灵机一动，便向厨师要了一团面，经过自己的细细揉搓之后，把面团弄成了圆饼状，然后用一根圆圆的长木棒擀得薄如蝉翼，再用刀切成精细的线状。刚刚把这些细面放进锅里，细面散发出来的香味便飘进了黄承彦的鼻孔里，当女儿黄月英端着一碗细面放到自己眼前的时候，黄承彦胃口大开，连汤带面全部吃进了肚子里。黄承彦的病从那天起开始好转，慢慢痊愈。

这种面很快被传到了市井里，因为是黄月英在父亲生日那天发明的这种细线一般的面，人们称这种面叫"长寿面"或者"面条"，每逢自己家里父母过生日的时候，必给父母上长寿面，因为这里饱含着子女给父母的祝福。这种面又具有养胃的功能，后来成为人们饭桌上的家常面食之一。尤其是老人在早晨或者晚上的时候，更喜欢煮一碗面条来吃。现在，面条经过一千多年的演变，在各地更是有着多种不同的吃法，并成为地方特色小吃，像北京的炸酱面及龙须面、山东济南的打卤面、河南的烩面、贵州的肠旺面、西安的臊子面、山西的刀削面等，举不胜举。

诸葛亮与妻子黄月英是夫妻，又是知己，他们不离不弃，一生恩爱相伴，诸葛亮终身只娶了黄月英一个女子为妻。在诸葛亮显耀光环的背后，黄月英看到的是丈夫日理万机的辛苦与疲惫，她惜他、怜他、痛他、爱他，尽自己所能帮助他，成就了他的事业与名声。在轰轰烈烈与寂然的背后，他们享受着人间最为平淡的幸福与清欢。

第一章 饮尽好时光：繁华背后的人间烟火

此恨绵绵无绝期

赠张云容舞

唐朝：杨玉环

罗袖动香香不已，红蕖袅袅秋烟里。
轻云岭上乍摇风，嫩柳池边初拂水。

这首《赠张云容舞》诗的大致内容是："你的罗袖轻摇，舞姿优美，仿佛有缕缕暗香从红袖里盈出，如朦胧烟雾里盛开的芙蓉花一般，若隐若现。又像是那烟云缭绕的山岭上初起的小风，摇着刚刚发出新芽的翠柳撩拨着水面。"这首诗歌的美落入眼底，便是一幅醉人的画面，罗袖轻舞，暗香浮动。

从杨玉环的《赠张云容舞》这首诗来开启这个故事，便如同看见笔尖下扯进了一缕阳光，阳光下盛开着百花，百花里一滴晶莹的凝露，凝露里倒映着一个美人的模样。那个美人美丽的容颜、优美的舞姿、温暖的笑容让怒放的百花羞得一下把花瓣闭合，从此，后人便用"羞花"这个词语来形容她的美丽。她的美，让爱她的君王如痴如狂，从此他眼里只有美人，没有了江山。她就是杨玉环。

杨玉环（719—756年），道号太真。姿质丰艳，善歌舞辞赋，通音律，为唐代宫廷音乐家、舞蹈家。其音乐舞蹈才华在历代后妃中鲜见。她是唐玄宗一生痴爱的女子，在后宫里集三千宠爱于一身，被后世誉为中国古代四大美女之一。

清平调·其一

唐代：李白

云想衣裳花想容，春风拂槛露华浓。
若非群玉山头见，会向瑶台月下逢。

这是唐朝诗仙李白描写杨贵妃花容月貌的诗行："天上彩色的云霞是你的衣裳，你美丽的容颜胜过春风里怒放的百花。如果在群山缭绕的山头不能与你相见，那定会在朦胧的月夜与你在瑶台下相逢。"作为唐朝伟大的诗人，李白见到杨贵妃的美貌时，也被震撼到了，于是一口气写了三首诗歌来形容杨贵妃容颜的美丽、舞姿的迷人。

杨玉环与唐玄宗第一次相见，应该是她还没有嫁给唐玄宗的儿子之前，那时的杨玉环才只有十四岁，因一曲《霓裳羽衣曲》而名噪京城。在唐玄宗为母亲庆寿之时，杨玉环被召入宫中，带领众舞女跳《霓裳羽衣曲》。高高在上的唐玄宗望着台下那个跳舞的女子，心莫名地跳了两下。可惜整个大殿群臣共贺，众臣围绕着唐玄宗让他不得脱身。而那舞蹈的绝色女子只是一曲后，便再没有返回，让唐玄宗心里空留了遗憾。而杨玉环在这次舞蹈中，还迷醉了另一个人的眼睛，那就是唐玄宗的第十八个儿子寿王李瑁。

有些注定的缘分，总是会让造化捉弄一把。初长成的杨玉环被唐玄宗的儿子李瑁看中，两个人心里生出了情愫，很快，杨玉环成为李瑁的妻子，小夫妻可以说是爱情甜蜜，生活幸福。而唐玄宗与杨玉环第二次相见的时候，是她披着大红盖头嫁给李瑁之时，唐玄宗自然就没有看到杨玉环的容颜。

杨玉环一生把舞蹈视为生命，舞蹈在哪里，她便在哪里，哪里有舞蹈，哪里就有她的身影。嫁到寿王府里的杨玉环，很快就组建起了自己的舞蹈乐队，在皇宫的花丛中、在亭台楼阁里弹唱舞蹈，小日子过得滋润而又快乐。而此时，唐玄宗却成了一个最失意的人，因为寿王李瑁的母亲一直是唐玄宗最爱的妃子，可她却因病离开了人世，这让唐玄宗对皇宫所有女人都看不进眼里了。一日，因为思念寿王的母亲而来到寿王府的唐玄宗，就这样和杨玉环第三次相遇了。他看到杨玉环的时候，便是她在百花之中舒展着自己绝美的舞姿轻盈舞蹈之时。那一刻，阳光灿烂，彩蝶飞舞，而舞蹈在百花中的绝色女子，一下迷醉了唐玄宗的眼睛。就此，杨玉环的美落入了唐玄宗的心中，再也无法拂去。面对这个美得如妖如狐一般的女子，唐玄宗怎么能不动心、怎么能不动情、怎么能不痴心妄想把她占为己有？所以，为了得到这个美人，唐玄宗李隆基可以说是费尽了周折与心计，寻找各种理由拆散了杨玉环的婚姻，最后终于从自己儿子李瑁手里夺得了美人，占为己有。

　　这么不容易得来的绝世美人，唐玄宗自然是用心爱着、宠着并讨好着了。可以说，杨玉环的衣食住行，唐玄宗都事无巨细地用心帮她打理着。两个人一个是君王，一个是贵妃，可以说是占尽了当时天下生活之精致、之奢侈。只要杨玉环想要的，唐玄宗都会想方设法来满足。唐玄宗爱杨贵妃，更爱她醉态时的模样，那种千娇百媚往往让唐玄宗不能自拔、情不自已。也正是因为两个人生活的奢侈与浪漫，所以他们的爱情故事里，便又多了一道亮丽的风景，那就是因为他们而出名并一直流传至今的那些精致可口而又美味的食品、酒、茶与水果。

　　在苏州有一道名菜，这道菜的名字叫"贵妃鸡"，它的做法是选用肥嫩的童子鸡翅膀与香菇、淡菜、嫩笋、青椒一起焖烧而成。贵妃鸡的特点是菜色鲜艳，绿、黄、黑、白色相配，令人赏心悦目，吃起来既嫩又鲜，香味扑鼻，是少有的人间佳肴。这道名菜之所以叫贵妃鸡，与杨贵妃和唐玄宗的一次饮酒作乐有关。

这日刚刚从华清池里沐浴而出的杨贵妃，如一朵出水芙蓉一般站到了唐玄宗的面前。酒还没有摆上，望着杨贵妃的美，唐玄宗的眼睛里便流露出了迷醉的色彩。杨贵妃让宫女拿来自己的哥哥杨国忠刚刚送来的一种流香酒让唐玄宗品尝。唐玄宗轻轻把杯盏放到唇边，便感觉一缕香气直冲心底。两个人在百花亭一边赏花，一边饮酒。花香、酒香同爱情散发出的芬芳融为一体。杨贵妃用美妙的舞姿讨着唐玄宗的开心，不知不觉之间，两个人都喝得酩酊大醉。

唐玄宗手里执着酒杯，一边高呼"好酒，香"，一边把酒再一次送进自己的嘴里。而杨贵妃也迈着醉态的舞步，双手伸展呈飞翔的姿态，高歌道："我要飞上天，我要飞上天。"醉得一塌糊涂的唐玄宗误以为杨贵妃要吃"飞上天"，便命令一旁的高力士道："听到没有，贵妃娘娘要吃飞上天，快叫御厨呈上来。"

高力士一听皇上有旨，急忙把贵妃娘娘要吃"飞上天"这道菜的圣旨传进了厨房里。厨房里的御厨们你看看我，我望望你，都纷纷摇头，谁都没有听说过"飞上天"这道菜的名字，更不知道从何下手来做这道菜。但这是皇帝的口谕，如果做不出这道菜，他们的人头难保。正在厨师们不知所措的时候，一个在御厨里烧火的伙夫站了出来说："我会做这道菜。"说完，他不慌不忙，把几只童子鸡的鸡翅膀切了下来，把香菇、青椒、红椒切成滚刀块，大蒜从中间一分两开，姜切片，葱切段，干椒切段，把鸡翅膀放进热油里炸成金黄色捞出，同香菇、红椒、青椒一起焖烧。不一会儿的工夫，这道菜散发出来的香便扑鼻而来。原来这个烧火的伙夫是一个名厨的后代，每天用心暗暗学习着这些御厨们的手艺，只等合适的时候让自己一展才能。结果，机会今天就来了。

当太监把这盘"飞上天"端到唐玄宗和杨贵妃面前时，香味让两个人口舌生津，放进口里一品尝，更是味道极佳。唐玄宗品尝后，也是连连点头，他望着这道色、香、味俱全的菜，再看看秀色可餐的杨贵妃，便对太监说："这道菜就叫'贵妃鸡'吧，把做这道菜的御厨，升为尚食局总管。"

从此，贵妃鸡从宫廷走向民间，成为人们喜爱的菜品之一。

过华清宫绝句

唐朝：杜牧

长安回望绣成堆，山顶千门次第开。
一骑红尘妃子笑，无人知是荔枝来。

这首《过华清宫绝句》是与李商隐并称"小李杜"的唐

朝杰出诗人杜牧写的。这首诗的主要内容描写的是杨贵妃在皇宫里受恩宠的程度和奢侈的生活："从长安回望骊山，只见山清水秀，风景如画，宛如一堆锦绣。山顶上一道道宫门在晨雾中被逐次打开，像是打开了一幅人间仙境。一人一骑行色匆匆，看不清他背上背的是什么东西，只有杨贵妃凭栏远望，笑意浓浓。望着奔驰的骏马，她知道是自己最爱吃的荔枝从远方运来了。"杜牧笔下所写的荔枝，是岭南的荔枝，而岭南到长安的距离有数千里。但因为杨贵妃爱吃荔枝，再远的距离也不再是距离。

可见当时杨贵妃与唐玄宗生活的腐败与奢侈，可见这唐玄宗到底有多宠爱杨贵妃。唐玄宗为了让自己的爱妃能吃上新鲜荔枝，不惜动用官道和驿站的人员把新鲜的荔枝快马加鞭运送到长安来讨美人的欢心。

可以说唐玄宗与杨贵妃享尽了舌尖上的美味。唐玄宗的御膳由尚食局负责，除了奉御等管理人员外，单操刀掌勺的就有十六人，共有八百四十人之多。这些从全国各地招募而来的"食神"，使出浑身的解数，为自己的主子奉上一桌桌精美的膳食，并遵守春肝、夏心、秋肺、冬肾的食禁。《旧唐书》说"贵人御馔，尽供胡食"，胡饼是唐玄宗和杨贵妃非常爱吃的一种面食。这种以面粉、芝麻、洋葱为主料的食物，是当时餐桌上的时尚，唐玄宗更是喜爱有加。

天宝十五年（756 年）六月，唐玄宗和杨贵妃西逃走到咸阳集贤宫,没有东西吃,就是用"胡饼"充饥的。《资治通鉴》说:"日向中,上犹未食,杨国忠自市胡饼以献。"看来这杨国忠也是非常清楚杨贵妃与唐玄宗的饮食喜好的,正是他的这种媚上欺下的本领,让他步步高升,并且在步步高升中祸害着自己的民族和国家,最后导致范阳、平卢、河东三镇节度使兵变,安禄山以清君侧反杨国忠为名起兵叛乱,大军以迅雷不及掩耳之势直达长安。

长恨歌(节选)

唐朝:白居易

含情凝睇谢君王,一别音容两渺茫。
昭阳殿里恩爱绝,蓬莱宫中日月长。
回头下望人寰处,不见长安见尘雾。
惟将旧物表深情,钿合金钗寄将去。
钗留一股合一扇,钗擘黄金合分钿。
但教心似金钿坚,天上人间会相见。
临别殷勤重寄词,词中有誓两心知。
七月七日长生殿,夜半无人私语时。
在天愿作比翼鸟,在地愿为连理枝。
天长地久有时尽,此恨绵绵无绝期。

这是唐朝伟大的现实主义诗人白居易写的一首《长恨歌》中的部分，这首《长恨歌》可以说是这个伟大诗人的代表作。诗歌里的故事，写的便是唐玄宗与杨贵妃的爱情悲剧。诗歌的前半部分写的是杨贵妃进宫之前的美好生活，以及进宫后与唐玄宗爱情生活里的奢侈和浪漫。这里节选的是《长恨歌》结尾部分，主要描写的是杨贵妃和唐玄宗两个人生离死别的场景，以及杨贵妃死后唐玄宗对她的思念之情。这句"在天愿作比翼鸟，在地愿为连理枝。天长地久有时尽，此恨绵绵无绝期"千百年来，不知道成为多少痴情人爱情里的誓言，成为爱情离开后一生的疼痛与思念。两个人因为爱情而结合，共同经历着人生的故事，共同在一个屋檐下生活，如果在天上，愿意做一对比翼双飞的鸟儿，如果生活在地上，愿意成为缠绕在一起的藤蔓。天长与地久还有尽头，但为什么爱情里留下的恨与思念却永远到不了尽头？

安禄山的大军把唐玄宗与杨贵妃围在了马嵬坡，当面对江山与美人的选择时，当面对大军的逼迫时，当犹豫不决不知是保自己的性命还是美人的性命时，他们的爱情注定要走到尽头。面对生死，唐玄宗选择了牺牲杨贵妃来保全自己以及自己摇摇欲坠的江山。最终杨贵妃被赐予白绫一条，缢死在佛堂的梨树下，时年三十八岁。

美好的事物，人们总是喜爱与怀念着，总希望它有美好的结局。所以有关杨贵妃的生与死，后人发挥了充分的想象力,给她安排了几个美好的结局:一说她身边一个侍女扮成她的模样替她死去,然后杨贵妃逃出马嵬坡,在民间过上了清淡而又悠闲的日子,成为一个舞蹈老师,教民间的孩子唱歌跳舞。又有一个结局说她逃出马嵬坡后,遁入空门当了尼姑。但这真的只不过是后人善意的想象罢了,在大军的包围下,不要说杨贵妃这个被讨伐的主犯了,就连飞出一只苍蝇都是困难的。

一代美人就此香消玉殒,那些鲜花连同蝴蝶在雨中翻飞,把美人含笑的身体托起,飞往去天堂的路上。那里一定不会有战争,不会有一夫多妻的制度,那里有永远的和平与鸟语花香。

第一章
饮尽好时光:繁华
背后的人间烟火

犹想当年酒瓮香

豆腐卷赞

宋朝：赵匡胤

豆油藕卷肴，兼备美酒好。
落肚体通泰，今朝愁顿消。

宋朝开国皇帝宋太祖赵匡胤，留给后人的文字并不多，但他的这首《豆腐卷赞》却被流传了下来，读着他这样的诗作，豆腐卷的馨香扑鼻而来："把藕和葱花细细切碎，用豆油皮卷起来便成了佳肴，再配上一壶美酒，刚刚吃进肚子立刻感觉通体舒畅，温暖无比，让内心的愁绪顿时消除。"

宋太祖赵匡胤（927—976年），字元朗，宋朝开国皇帝。后唐明宗天成年间生于洛阳夹马营（今河南省洛阳市瀍河回族区东关），祖籍涿郡（今河北省涿州市），父亲赵弘殷，母亲杜氏。

赵弘殷和杜氏生活困苦，一共生了五个儿子，大儿子赵匡济和五儿子赵光赞因病无钱医治而离开了这个战乱纷争的年代。赵弘殷和妻子以卖豆腐为生，抚养三个儿子。

赵弘殷带着赵匡美、赵匡胤和赵匡义三个儿子在集市上卖豆腐，三个儿子从小便听话懂事。父亲卖豆腐时，他们便在集市上捡拾一些菜叶和菜梗，拿回家中用来补贴一天的饭菜用。这杜氏是一个有心之人，她会把儿子捡拾来的这些菜叶用清水洗净后，细细地切碎，然后拌入做豆腐时留下的那些豆渣中放入锅里煮熟。每次蒸煮的过程中，都会有豆香带着青菜的香扑鼻而来，一家人往往吃得温暖而又幸福。这种菜因为是用磨豆腐的豆渣制作而成的，在困苦的年代里，成为人们最廉价、最实惠的食品，被后人称为"豆腐渣"，一直到现在，北方许多人家的饭桌上以及饭店里都还有这种菜出现。

父子四人在集市上卖豆腐、捡拾菜叶的过程中，还流传过这样一个故事：

这一日，赵弘殷卖完最后一块豆腐，唤来三个小儿准备回家，而赵匡美感觉累了，便让赵弘殷用豆腐挑子挑自己。赵弘殷一想如果豆腐挑子只挑赵匡美一人，那就失去平衡了，便把赵匡美放进前面的筐子里，把赵匡义放进了后面的筐子，一手拉着赵匡胤往回走，结果与一个化缘道人迎面碰上。那化缘道人把赵匡美从豆腐筐子里抱起放到地上，把赵匡胤抱进了筐子里,说道:"一肩挑江山,两个皇帝坐,你怎么能坐江山呢,你是辅佐江山之人。"

这道人的话,后来果然一语中的,赵匡胤当了宋朝开国皇帝,赵匡义成为大宋第二个皇帝,而足智多谋的赵匡美一直是两个皇帝的宰相,用自己的智慧,帮他们稳坐江山。

正是战乱纷争之时,赵家的生活非常困苦、拮据。再加上三个男孩子正是长身体之时,饭量都比较大,所以日子过得捉襟见肘,年少的赵匡胤早早就担起了家庭的重担,流浪楚地,以推车贩运各种应季蔬菜维持生计。

这日,又是隆冬季节,大雪纷飞,天寒地冻。赵匡胤手推独轮车,从古楚王城(今湖北省云梦县)来到孝感西湖村。独轮车载着满满一车的莲藕,车轮碾着地上的积雪,发出吱吱呀呀的声音。寒风掠过树枝,把树上的积雪一下吹落,一大朵洁白的雪花砸落在地上,如怒放的烟花一般,"砰"的一声,惊得一只寒鸦从栖息的巢里突然飞出。在半空旋转了一个圈后,寒鸦发现并没有危险,便急忙又飞回自己的小巢。

风雪吹走了白天,迎来了黄昏,饥寒交迫的赵匡胤把推车停在一家酒舍前,准备投宿。这家酒舍是赵匡胤做生意时经常寄宿的地方,因为自己帮这家酒店的厨房师傅打抱不平,成为这家厨房师傅的好友。只可惜今天的风雪阻滞了太多旅客的行走,当赵匡胤向酒家要饭菜吃的时候,厨间仅剩两张未用完的豆油皮及葱、姜等零星食材原料。不仅如此,因为连年战乱，年岁饥馑，朝廷严禁民间酿酒，自己想喝一口热酒驱寒的想法都不能实现。

厨房师傅望着饥寒交迫的赵匡胤，内心不想他忍饥挨饿，他望着赵匡胤那一车莲藕，突然就来了灵感。他随机应变，取来赵匡胤独轮车上的莲藕做原料，洗净去皮后，细细切成精致的条状，略用盐腌渍后，拌入葱、姜、香菇丝等调配料和少许面粉，用净布紧紧卷捏成一字条形，再用抹过面糊浆的豆油皮包牢，以锯刀法切成形似"车轮"一样的筒片，然后把这些筒片放进油中炸至金黄色出锅，扑鼻的香味立刻在这个寒冷的冬夜里弥漫开来，不一会儿，厨房师傅便给赵匡胤呈上了一盘"豆油藕卷"。

香味诱惑得赵匡胤满口生津，肚子更感觉饿，让赵匡胤意想不到的是，这师傅竟然拿出了自己珍藏的美酒送给他喝。赵匡胤非常感激，便和厨房师傅对酌了起来，越吃越感觉这"豆油藕卷"的美味真的是妙不可言，赵匡胤一时性起，随口吟了一首赞美这豆油藕卷的诗："豆油藕卷肴，兼备美酒好。落肚体通泰，今朝愁顿消。"于是，"豆油藕卷"这一佐酒美肴就此问世并在民间流传下来，成为人们餐桌上的一道美味佳品。

十多年后，赵匡胤建立宋朝，自己坐上了皇帝的位置，突然有一天就想起了自己当年在西湖村酒舍吃过佳肴"豆油藕卷"，喝过厨房师傅送给自己的美酒，顿时感慨万分，便有

第一章 背后的人间烟火 饮尽好时光：繁华

心想把自己昔日的好友兼厨房师傅接进宫来做御厨，可惜那厨师却已经离开人世。为了不忘旧情，赵匡胤便颁发诏书，取消西湖禁酒令。据《孝感县志》转引《方舆胜地览》记载："太祖（赵匡胤）践位后，令宽西湖酒禁，仍置万户酒馆。"自此，"西湖酒市"复兴，许多西湖酒家酿造的美酒，都成为皇宫里的特供。

玉楼春

后蜀国君：孟昶

冰肌玉骨清无汗，水殿风来暗香满。绣帘一点月窥人，欹枕钗横云鬓乱。

起来琼户启无声，时见疏星渡河汉。屈指西风几时来，只恐流年暗中换。

后蜀国皇帝孟昶的这首《玉楼春》，描写的是他的爱妃花蕊夫人的美貌。要说这花蕊夫人的样貌到底有多美，我们不妨从孟昶这首诗词领略一番："你的肌肤如冰雕一般光滑，冰肌玉骨炎炎夏日清凉无汗。一举手一投足里，都有香气从身体里散发而出，明眸里更是有着千万种的风情。这样的女子，怎么能不让人深深眷恋与着迷？透过绣帘的月光都在偷偷望着你的美丽，而美人就慵懒地斜倚在枕前，一头乱发被一根金钗胡乱别在脑后，越发显得楚楚可人。夜色渐渐浓重，万物归于平静，起身走到窗前，天际的几颗疏星散落在银河两岸。不知道西风是什么时候来的，希望永远就这样与你幸福相伴在一起，真的好怕这美好的流年被偷偷转换。"由诗中可见后蜀后主孟昶对他的爱妃花蕊夫人迷恋、痴爱到了什么程度。而花蕊夫人也深爱着孟昶，用她高超的厨艺俘获着孟昶的胃。

其实，这首诗词的最后收尾"屈指西风几时来，只恐流年暗中换"是有着深刻含意的。此时，赵匡胤的军队已经兵临城下，作为一国之君，孟昶已经深深感觉到他的江山、他的美人以及他豪华奢侈的生活都将不再属于他。所以在这首诗词的最后，才有了这句深刻的悲伤与感叹。

写到这里，不得不把五代十国时期的女诗人，因为自己的美色和才气而让两个皇帝神魂颠倒，有着倾城倾国之容颜的女子花蕊夫人请出来。

花蕊夫人姓费，一说姓徐，青城（今四川省都江堰市）人，幼能文，尤长于宫词，得幸于蜀主孟昶，赐号花蕊夫人。其宫词描写的生活场景极为丰富，用语以浓艳为主，但也偶有清新朴实之作，如"三月樱桃乍熟时，内人相引看红枝。回头索取黄金弹，绕树藏身打雀儿"这一首，就写得十分生动活泼，富有生活情趣。其《述国亡诗》亦颇受人称道，实难得之才女也。

第一章 饮尽好时光：繁华背后的人间烟火

正如孟昶所预感的那样，就在他刚刚作完这首诗词不久，宋太祖赵匡胤便把后蜀国消灭了，他和花蕊夫人双双成为宋朝的阶下囚，被押送到大宋的国都开封。而花蕊夫人的美丽、优雅、妩媚与才气，也一下迷醉了大宋开国皇帝赵匡胤的眼眸。

述国亡诗

五代十国：花蕊夫人

君王城上竖降旗，妾在深宫那得知。
十四万人齐解甲，宁无一个是男儿。

据传，花蕊夫人和自己的夫君后蜀国皇帝孟昶一起被俘虏到宋朝的国都后不久，宋太祖因为迷恋她的美貌而把孟昶毒死，这首诗便是接她入宫的第一天时她所写的诗歌。这首诗歌里有太多女子的无奈和对命运无法掌握的忧伤："君王在城墙上竖起了投降的大旗，我在深宫里面又怎么会知道？十四万士兵不战而降，纷纷解下盔甲，哪里有一个长男儿志气的？"这里有花蕊夫人恨自己为什么不是男儿身的抱怨，也有恨国破家亡后，世人不责怪这些士兵的不战、君王的不作为，却把错都推到她一个弱小女子的身上的不平。花蕊夫人这首诗词，一下便震撼了一个人的灵魂，那就是宋太祖赵匡胤。

望着花蕊夫人的美，赵匡胤怎肯再放她回去，当夜，花蕊夫人便被留在了深宫之中，被赵匡胤宠幸，成为宋太祖最宠爱的妃子。

花蕊夫人从小生活在成都，所以对开封的气候相当不适应。尤其是南北方饮食文化的差别，往往会让她感觉身体不适。宋太祖便专门为她配备专厨，做花蕊夫人喜爱的食物。

后人把宋朝描写成一个美食的天堂。由于宋朝初期政治清明，社会安定，再加上朝廷采取的一些利民的政策，大宋很快昌盛了起来，无论是皇宫，还是民间，人们丰衣足食、安居乐业。南宋吴自牧在《梦粱录·鲞铺》中写道："盖人家每日不可阙者，柴米油盐酱醋茶。"对老百姓最重要的就是生活，生活就是"衣食住行、吃喝玩乐"，可见当时宋朝百姓的生活过得是较为富足的。

江上渔者

宋朝：范仲淹

江上往来人，但爱鲈鱼美。
君看一叶舟，出没风波里。

在美好的风景里，飘荡着鲈鱼的清香，一叶扁舟自由自在地随风荡在轻烟薄雾里。从这优美的诗词里，我们感到了生活深处的幸福与逍遥自在。生活在深宫的花蕊夫人，更是在宋太祖的宠爱下，品尝尽人间的美食。

花蕊夫人喜欢清淡的食品，尤其喜欢鲜花制品和水果制品。厨人为了迎合花蕊夫人的品位，采来各种水果和鲜花，制造出色香宜人的凝露，供花蕊夫人点茶、饮食之用。当时许多用花制作的凝露都从宫廷流传到民间，人们纷纷效仿制作。

花蕊夫人的御厨更是突发奇想，用花露将莲藕、瘦精肉混合在一起蒸熟后剁成细碎的沫状，在透风的地方风干后用四川的糖和蜂蜜拌均匀，捏成团状，等冷了变硬后，再用刀切着吃。这便是云英面最初的做法。这种面从宫廷流传到民间后，北宋的书法家、诗人、美食家郑文宝，又把云英面的做法做了改进，受到世人的普遍喜爱。他的制作方法是将莲藕、菱、芋、鸡头、荸荠、茨菇与百合混在一起，再配以瘦肉蒸烂，然后用风吹凉，在石臼中捣细，再加上四川的糖和蜜蒸熟，然后再入臼中捣，使糖、蜜和各种原料拌均匀，随后取出捏作一团，等冷了变硬，再用刀切着吃。云英面颇受世人青睐，后被收入宋代食谱。

从小生活在成都的花蕊夫人，对吃、喝、玩和养生有自己的一套手法，所以她才会美颜常驻。宋太祖爱花蕊夫人的程度，一点不比孟昶低，他极力讨好着这个绝代美人，也正是应了"日久生情"这个词语了吧，花蕊夫人也慢慢变得安于这种生活了。

花蕊夫人后来因介入大宋朝廷的权力之争,在立太子的问题上触犯了宋太祖弟弟赵匡义(后改名光义)的利益,在一次打猎时,被赵光义,也就是后来的宋太宗一箭射死。

美人已逝千年,历史无法重来,只有故事后面的美食依旧在人间烟火传承。

第一章
饮尽好时光:繁华
背后的人间烟火

无言谁会凭阑意
——诗意深处的人间烟火

小船烧薤捣香齑

金橙径

宋朝：苏轼

金橙纵复里人知，不见鲈鱼价自低。
须是松江烟雨里，小船烧薤捣香齑。

"晚秋时节，金橙挂满枝头，在阳光下闪着橙黄的光芒，咬上一口，更是散发出无限的馨香，吃松江有名的鲈鱼的时候，橙泥更是必用之物。一定要等到松江烟雨朦胧的时候，任小船自由飘荡在江面，而我们品着酒，烧薤头捣香蒜吃鲈鱼。"读着这样的诗行，望着这样的美食，我们是不是要流出口水来了？这景好美，美到如诗如画；这画好美，美到可以闻到金橙、鲈鱼、薤头等美食的香味。人生最大的享受莫过于此了吧？我和你都是画中人，画中人在享受着人间最美的烟火。

苏轼（1036—1101年），字子瞻，一字和仲，号东坡居士，眉州眉山（今四川省眉山市）人，中国北宋大文豪。其诗、词、赋、散文，均成就极高，且善书法和绘画，是中国文学艺术史上罕见的全才，也是中国数千年历史上被公认文学艺术造诣最杰出的大家之一。其散文与欧阳修并称欧苏；诗与黄庭坚并称苏黄，又与陆游并称苏陆；词与辛弃疾并称苏辛；书法名列"苏、黄、米、蔡（即苏轼、黄庭坚、米芾、蔡襄）"北宋四大书法家"宋四家"之一；其画则开创了湖州画派。有《东坡七集》《东坡乐府》《赤壁赋》与《后赤壁赋》等作品。

苏轼，这个出生在北宋时期的大文学家，一直到现在还是家喻户晓的人物。从古至今，能如此深入人心者实在不多，正是因为他的诗词和他的美食，人们才深深记住了他。吃着东坡肉，谈论着他的诗词，自然就会对他的人生故事产生巨大的兴趣。

东坡肉，这种肥而不腻、美味可口的红烧肉，一直被世人津津乐道，成为家家户户餐桌上一道常见的美味。

那么东坡肉到底是怎么来的呢？这里还有一个美丽的传说。

猪肉颂

宋朝：苏轼

净洗锅，少著水，柴头罨烟焰不起。
待他自熟莫催他，火候足时他自美。
黄州好猪肉，价钱如泥土。
贵者不肯吃，贫者不解煮。
早晨起来打两碗，饱得自家君莫管。

读着苏东坡这样的诗句，肉香味一下从诗行里飘荡而出，禁不住有口水要流出嘴角来。苏东坡一生为人正直，为官清廉，同时还是个美食家，与美食有着解不开的情缘，在他的诗词里，有相当一部分作品与美食有关。

吾有两间房，一间赁与转轮王，
有时拉出一线路，天下妖魔不敢当。

——佛印

吾有一张琴，五条丝弦藏在腹，
有时将来马上弹，尽出天下无声曲。

——苏轼

苏东坡生命里遇到的另一个贵人，就是苏东坡一生的挚友——江苏镇江金山寺方丈佛印和尚。一写到佛印和尚，人们自然就想起了他们两个人在文字里逗趣取乐的故事，而他们对出的文字更是体现着他们思想的伟大和无穷的智慧。苏东坡和佛印之所以能成为朋友，那是因为他们志趣相投，心无芥蒂。作为一代名僧的佛印，同样热爱着美食。他们在文字里逗趣的故事还与一道名菜"东坡豆腐"有关。

一天早晨，苏东坡吃罢早饭又兴冲冲地闯入佛印的禅房要与他比文。此时佛印和尚正在打坐，见苏东坡到来，便同他开玩笑说："我有一问，请你回答，若答不出，罚你做一餐素斋与我品尝，并将你身上的玉带留给金山寺。"苏东坡自恃才学满腹，欣然答应。佛印说："四大皆空，五蕴非有，学士哪里坐？"苏东坡思量了半天，还一时竟真的回答不出来了，只得将玉带解下，下厨为佛印做起素斋来。

苏东坡让厨僧买来上等的豆腐和香榧子，然后，挽袖将豆腐切片用葱油煎至金黄，加入二十多枚剥去壳的香榧子和酱料等同煮之。苏东坡果然出手不凡，用这种方法烹制的豆腐，味道特别鲜美，口感与众不同。佛印品尝后赞不绝口，将此肴命名为"东坡豆腐"。

苏东坡是个美食家，这佛印和尚同样也是一个美食家，他们二人和宋朝另一个大文学家、书法家黄庭坚是好朋友，三人经常欢聚一处吟诗作对。但是每次聚会，不是苏东坡做东，就是黄庭坚出钱，佛印总是白吃白喝，从不回请。苏、黄二人商议，决定避开他单独聚会一次，给他一点警告。这天，雪后初晴，苏东坡邀请黄庭坚泛舟赏雪。二人泛舟中流，被眼前雪景所陶醉，忽听江面上传来呼救声，苏、黄急忙要船家救人，谁知救上来的竟是笑嘻嘻的佛印。两人相对苦笑，只好邀请佛印入席，佛印坐下拿起筷子就要吃。苏东坡急忙阻止道："慢，按照老规矩，吟诗作对，谁答对了才可以吃。"佛印也不客气，等苏东坡出题。苏东坡望着银装素裹的寺院和远处若隐若现的远山与江岸，吟道：

天上的云，糊糊涂涂；
地上的雪，明明白白。
云变成雪，容易容易；
雪变成云，难得难得。

黄庭坚含笑拿起笔，蘸墨不紧不慢写道：

墨在砚中，糊糊涂涂；
字在纸上，明明白白。
墨变成字，容易容易；
字变成墨，难得难得。

佛印见两个人诗里都有"容易容易""难得难得"的句子，知道里面蕴含的意思是责怪自己老吃他们的饭菜，嫌恶自己不请他们吃饭，便索性把话挑开，于是他对着苏东坡和黄庭坚憨厚一笑，吟道：

我在缸里，糊糊涂涂；
上得船来，明明白白。
我吃你的，容易容易；
你吃我的，难得难得。

苏东坡和黄庭坚望着佛印的诗行，相视而笑，三个好友开怀大吃了起来。

佛印虽然只吃素食，但他却会变着花样把这些素食做得有滋有味。现在我们常吃的"千层饼"也叫"东坡饼"，就是佛印与苏东坡一起制作出来的。

由于在官场中的失意，苏东坡把佛印的住处当成了自己的心灵乐园，经常与佛印和尚吟诗作对，一起烹饪美食。苏东坡酷爱山泉水的清冽，且喜食油炙酥爽的食品，因此，两个人喜欢用泉水沏茶，佛印和尚又用泉水和面，以香油煎饼，请苏东坡品尝。苏东坡一见此饼独具特色，模样酷似古代仕女盘在头上的螺髻，而上面撒的一撮白糖，又像螺髻上的一朵栀子花。它色泽金黄，每一层都薄如纸片，香甜酥脆，落口消融。东坡高兴地说："吾尔后再来，望仍以饼食为幸。"从此，每次到佛印这里来，他总是要求佛印制作这样的饼给他吃。后来，苏东坡与佛印和尚在一起又重新对这个饼进行了设计，研制出一种异常酥脆、独具特色的"千层饼"，此饼风味不同凡响，故被寺僧称为"东坡饼"，一时名气大盛，并由寺院流入寻常百姓家，一直流传至今。

苏东坡和佛印和尚在一起不仅留下千古名句，更是留下美食无数，他们研制出来的美食，如果写成食谱，定会是一本美食宝典。像西湖的一道"五柳鱼"又叫东坡鱼，就是佛印和尚与苏东坡逗趣时的杰作。

江城子

宋朝：苏轼

十年生死两茫茫。不思量。自难忘。千里孤坟、无处话凄凉。纵使相逢应不识，尘满面，鬓如霜。

夜来幽梦忽还乡。小轩窗。正梳妆。相顾无言、惟有泪千行。料得年年肠断处，明月夜，短松冈。

这是苏东坡在自己的妻子王弗离世十年之后，因为夜里梦到王弗而作。这篇祭文，成为千百年来祭文的绝唱："我们阴阳两隔转眼已是十年的时间。相互思念却无法相见，让内心充满迷茫。不想去想念，内心却时时在想念。你的孤坟在千里之外，再也没有人能听我诉说人世间的沧桑与凄凉。如果我们真的能再相逢，你应该也不会认识我了，我的容颜结满了尘世的霜雪，两鬓也已经长出了白发。夜里做了一个梦，突然就回到了故乡。你对镜描眉梳妆的身影刚好倒映在轩窗上。执手相视，千言万语都被堵在心里，唯有泪水不断地流淌。明月就照在你的孤坟上，那里就是我年年断肠的地方。"

苏东坡一生共有妻妾三人，并且三人与苏东坡的感情都非常深，可惜这三个女子都是红颜薄命之人。第一个妻子王弗，是苏轼青梅竹马的爱侣，苏东坡19岁，王弗16岁那年，两个人喜结连理。王弗是一个集智慧、美貌于一身的大家闺秀，文学上她是苏东坡的知音，生活里她是苏东坡挚爱的伴侣。生在官宦人家的王弗，对于观察一个人的性格和为人更是有着敏锐的触角，她能通过这个人的一言一行观察出这个人是否为可交、可信之人。可惜，她只与苏东坡生活了11年，便离开了这个人世。

王弗去世三年后，苏东坡才与王弗的表妹王闰之成婚。王闰之比苏东坡小11岁，但她仰慕苏东坡的才气与那身正义之气，她不仅精心照顾着表姐王弗与苏东坡生下的两个儿子，并且还精心照料着苏东坡的衣食起居。

苏东坡在徐州治水时，正是王闰之陪伴在他左右。因为苏东坡的清正廉洁，家庭开支要处处算计，因为没有太多钱请用人，家里许多杂事、琐事都需要王闰之亲力亲为。苏东坡因为常年劳累，再加上那些官场中必要的应酬，难免在饮食方面不规律。王闰之便亲自下厨给回到家的苏东坡烹饪养胃的美食。她知道苏东坡喜欢吃酥爽食品，没事时，总是会想方设法做一些甜品小糕点给苏东坡吃。像现在在苏州一带人们爱吃的一种名字叫"苏式小饼"的甜品，据传便是王闰之所发明的，因为她是苏东坡的妻子，所以后人给这种小饼取名叫"苏氏小饼"。可是随着年代的久远，这个"苏氏"慢慢被后人误传为"苏式"。

王闰之跟随苏东坡25年，经历了苏东坡被贬、乌台案等一系列的灾难，但她用自己执着的爱照顾着苏东坡，从不言离弃，可惜因为常年的奔波与劳累，王闰之也因病离世了。苏东坡悲伤不已，他给王闰之写祭文道："我曰归哉，行返丘园。曾不少须，弃我而先。孰迎我门，孰馈我田。已矣奈何，泪尽目干。旅殡国门，我实少恩。惟有同穴，尚蹈此言。呜呼哀哉！"苏东坡去世后，弟弟苏辙将他与王闰之合葬在一起，实现了祭文中"惟有同穴"的愿望。

王朝云是苏东坡之妻王闰之在世时纳的妾，也是妻妾三人中带给他快乐最多的一个人，她用她的年轻、美貌、阳光和才气，给苏东坡的生命注入了新的血液。可惜，这王朝云也是红颜薄命之人，给苏东坡生下第三个儿子后，由于产后失调，身体日渐衰弱，于 34 岁便离开了人间。悲伤过度的苏东坡，经不起官场上的失意和丧妻之痛，在王朝云去世的几年后，这个伟大的文学家也永远地告别了尘世。

苏东坡的一生，虽然充满坎坷和怀才不遇的失意，但他的一生却同样也是精彩的一生，携着爱情、亲情与友情在最深的人间烟火里活得坦然而又从容。而后人更是怀念着他的诗、他的字、他的画，享用着因他而流传下来的一道又一道美食。

第一章
饮尽好时光：繁华
背后的人间烟火

布裙红出采茶娘

绝命词

清朝：袁枚

赋性生来本野流，手提竹杖过通州。
饭篮向晓迎残月，歌板临风唱晚秋。
两脚踢翻尘世路，一肩担尽古今愁。
如今不受嗟来食，村犬何须吠不休。

"我生来就是一个本性自由、放荡不羁的人，踏遍千山万水，走尽人间风景，是我一生的向往与追求，手里提着竹杖一路行来，正好路过通州。空空的饭篮从早晨一直摆放到了残月升起，如歌的行板对着秋月浅唱。我已用双脚把尘世间的路踏断，将要用肩头担着人生的悲苦与忧愁而去。如今再也不用去吃别人丢给自己的食物，站在村头的恶犬，你也不用对我狂叫不止了。"绝命词亦作"绝命辞",是人在临终前所写的与世诀别的文辞。袁枚的这首《绝命词》写的是一个即将饿死之人临终前的悲伤心情和对这个尘世的悲观与绝望。

正是因为走过的风景太多,看到太多社会底层人们生活状态的悲苦,加上无法改变官场的现状,作者的心里才产生了弃官回归田园的想法。

袁枚(1716—1797年),字子才,号简斋,晚年自号小仓山居士、随园主人、随园老人,清代诗人、散文家、文学评论家、美食家,钱塘(今浙江省杭州市)人。乾隆四年(1739年)进士,授翰林院庶吉士。于乾隆十三年(1748)辞官隐居于江宁(今江苏省南京市)。在江宁小仓山下筑随园,吟咏其中,著述以终老,世称随园先生。广收诗弟子,女弟子尤众。袁枚与纪晓岚素有"北纪南袁"之称,袁枚倡导"性灵说",为乾隆、嘉庆时期代表诗人之一,与赵翼、蒋士铨合称为"乾隆三大家"。有《小仓山房集》《随园诗话》及《补遗》《子不语》《续子不语》等著作传世。

袁枚是一个奇才,也是一个怪才。做官时,他最关心的是老百姓的菜篮子。在他看来,一个好官,就是要让百姓吃饱穿暖。作为文人,他写出了大量优秀诗篇流传后世。作为一个性灵学的研究者,他的思想在封建社会里与那些思想迂腐之人却又如此格格不入。作为一个美食家,他的美食食谱《随园食单》这部美食宝典,一直到现在都是书店的畅销书,被热爱美食的人们津津乐道着、研究着、效仿着。

在思想最深处，袁枚崇尚自由自在的生活，崇尚无拘无束的快活。为官时，他的文字里充满对时政的不满，充满对百姓的同情和怜悯；无官一身轻时，他的文字逍遥而又快乐。他在山水之间赏着风景、品着美食，享尽人间烟火里幸福的味道。

咏钱

清朝：袁枚

人生薪水寻常事，动辄烦君我亦愁。
解用何尝非俊物，不谈未必定清流。
空劳姹女千回数，屡见铜山一夕休。
拟把婆心向天奏，九州添设富民侯。

从袁枚的这首《咏钱》里，我们足可以看到他在政治上的抱负和对统治者在政治上不作为的憎恨。要当官，就要当一个好官，当一个让民族强大、国家富裕、人们安居乐业的官。对于用正当手段挣来的钱，袁枚是赞同与鼓励的。乾隆八年，袁枚到沭阳县任县令。一路走下来，他看到饥民遍地，路有饿死骨。袁枚面对这"路有饿殍、哀鸿四野"的惨状，拿起蘸着血泪的笔抒发感慨："百死犹可忍，饿死苦不速，野狗衔骸髑，骨瘦亦无肉，自恨作父母，不愿生耳目。"袁枚以犀利的笔触，对那些"苛政猛于虎，悍吏虐于蝗"、置人民生死于不顾的贪官污吏，进行无情的挞伐。他立志要"纾国更纾民，终为百姓福"。

到任不久，袁枚便开仓放粮，解决百姓饥饿之苦，同时他下令严禁手下官吏欺压百姓扰民害民。不仅如此，袁枚还常常深入市场，关心百姓的菜篮子，看市场的米价与菜价如何。

袁枚还善于谋略与策划。一日，正是午饭时间，袁枚信步走进一家饭庄，发现这家饭庄的生意萧条，老板坐在柜台里托着腮愁眉不展。袁枚走向前问老板道："此时应该是吃饭者最多的时间，为什么生意如此萧条？"老板一筹莫展道："小店刚刚开业时还好，可不知道为什么，那些顾客来过一两次后，就再不来了。"袁枚便问老板道："我去您厨房一望可否？"老板以为袁枚怕他厨房打扫得不卫生，急忙说："当然可以，我的厨房打扫得非常干净。"一边说一边把袁枚往厨房领："您看，我们的厨房真的很干净，肉板、面板和菜板都是分开来用的，每天我都会让厨工擦拭、打扫。"

袁枚望着厨房的菜品看了许久，然后对老板道："此时正是炎夏，可你店里多以油腻食物为主，难得看到清爽可口之物，你倒说说，沭阳最能消暑解夏之物是什么？"老板一听袁枚这样问自己，想了一会儿道："当数绿豆。"袁枚点了点头:"可你厨房里并无绿豆啊。路人奔劳半日,又饥又饿进店来,最想吃的并不是你的大鱼大肉,而是想喝一杯解暑消渴的茶饮。从今天起,你就每天烧绿豆汤代茶,给客人饮用。"

然后,袁枚又对店家道:"现在正是桑墟湖的鱼最肥美之期,此鱼要味道鲜美而不能油腻,汤要清鲜,不可淡薄。鱼不可走油,煮开的水放进花椒、大茴等佐料后,再放两片肥肉进锅内,放鱼清炖。闻到鱼香后,出锅放香油两勺、芫荽少许。醋由顾客随意。"

老板听得连连点头,他知道今天自己的小店是真的遇到贵人了。

袁枚接着又说道:"上菜须知上菜之法,咸者宜先,淡者宜后;浓者宜先,薄者宜后;无汤者宜先,有汤者宜后。且天下原有五味,不可以咸之一味概之。度客食饱,则脾困矣,须用辛辣以振动之;虑客酒多,则胃疲矣,须用酸甘以提醒之。"

老板把袁枚的话一一记到心里,命厨师按袁枚所教做鱼之法来清炖活鱼,果然炖出来的鱼肉美且鲜,而汤浓且味厚,浓烈的香味让路过饭庄的人纷纷驻足,老板急忙把路人请进去,分汤给大家饮用,结果众人纷纷赞不绝口,从此小店生意兴旺无比。在袁枚为官那些日子里,他不知道帮过多少店家。

后人曾经这样来评价袁枚的商业策划:"袁枚称得上是清代商业炒作第一高手,袁枚对生意的策划步步为营,思路极为清晰。"

是的,袁枚一生都是一个思路清晰的人,他深深明白以自己的性格,是不适合在官场里常驻的。他正直的为人、他疾恶如仇的品德、他追求完美的生活态度,都不合适在这样的场合里久待。在做了几年的县令后,袁枚便辞官回家。从此再不出仕,按照自己的设想,随心所欲地过起了自己幸福的小日子。

辞官回家的袁枚,深爱江宁风景的优美,在江宁小仓山下以三百两金购得随园。那时候的随园还是一座破旧不堪的大园子,于是袁枚铺石筑路,重修旧景。后人还曾经猜测这座随园就是曹雪芹笔下的大观园。可见这座园子有多大,被袁枚修整得有多么美丽与豪华。

当初的随园萧条无比、杂草丛生、百卉芜谢,就连春风都不能把园子里的花儿吹开。面对这样一个废弃的大园子,袁枚心里早就乐开了花,他的脑海里已经有了清晰的修整思路。他亲自带工,开始动手装饰随园。随园的小径、水池、假山、菜园无不一一留下他忙碌的身影。很快,一座旧园子就这样换了新貌呈现在世人的面前。而他在其中也怡然自得,并赋《杂兴诗》一首,来描述自己装饰的随园之美:

第一章 饮尽好时光:繁华背后的人间烟火

75

杂兴诗

清朝：袁枚

造屋不嫌小，开池不嫌多；
屋小不遮山，池多不妨荷。
游鱼长一尺，白日跳清波；
知我爱荷花，未敢张网罗。

"盖房子不会嫌小，总是会有利用到的空间，开池塘不会嫌多，能环绕住我的随园就好。屋子小了不会挡住山水里的风景，水池多了会让荷花盛开得更加娇艳。游鱼已经长到有一尺多长，在清冽的池水里自由自在地游戏、跳跃出一朵朵小水花。家人知道我喜爱荷花，所以没有人敢把网张在池中。"一幅优美的画卷从诗里展现而出，让人生出无限的向往。难怪袁枚在其中怡然自得，纵情声色，不复作出仕之念。

随园四面无墙，每逢佳日，游人如织，袁枚不仅任其往来，不加管制，还在随园的大门上写了这样的一副对联："放鹤去寻山鸟客，任人来看四时花。"因为在装饰过程中，能节省的他都节省了下来，能利用的他更是就地取材利用得恰到好处，把许多旧景重新打理后，还原了自然本色，再加上他让人们在自己的园子里随便出入，所以他给自己这个优美而又典雅的居处取名叫"随园"。而这"随"字，也正是应了他随遇而安的性格。

随园是袁枚的天堂，是他纵情放歌的地方。这里面美食飘香、美女如云，与《红楼梦》中的大观园确实有得一比。但随园与大观园唯一不同的是，大观园是一座官府，而随园是一座大酒店。如果按现在的星级给随园排名的话，它就是一座五星级的大酒店。袁枚不做官后，他便走了商路，因为过的是自己喜欢的生活，再没有了官场上的钩心斗角，他更是让自己的文学造诣达到了登峰造极的地步。

那些踏青赏景而来的游人，最想品尝的自然是随园的美味。袁枚不仅把随园打造成了风景优美的地方，更是打造成了一座美食城。他高兴的时候，会亲自到厨房指挥厨师们做美食，每遇到一道美食，他都会认真研究和品尝。每听说哪里有美食，他会不惜一切代价，找到那里亲自品尝。只要是自己相中的，他就会向店家认真学习这种美食的制作方法。为了能让自己的美食流传后世，他还一边亲自做美食、品尝美食，一边写出了流传后世的美食宝典《随园食单》。

在《随园食单》里，袁枚集南北菜品之大成，共记录了300多种菜品的烹饪方法。不仅如此，袁枚对茶、酒也有深入的研究。《随园食单》里也介绍了当时的美酒名茶，并且还介绍了收藏茶叶的方法。可以说，《随园食单》是清代一部非常重要的饮食名著，更是一部生意经和养生宝典。

有美食，当然也要有美女。何况作为"性灵说"诗歌评论派的代表人物，袁枚提倡的文章风格永远是"个性与灵气"相结合的方法。终其一生，袁枚都在以自己的诗文抒写性情。提到美女，不能不提南齐名妓苏小小。袁枚敬佩苏小小的为人仗义，专门雕刻了一方别致的印章，印章上写着"钱塘苏小是乡亲"。虽然两个人生在不同的朝代，但作为苏小小的老乡，袁枚对苏小小的美貌和仗义敬佩至极，雕刻印章随身携带也是为了表示自己对苏小小的敬爱之情。

寒夜

清朝：袁枚

寒夜读书忘却眠，锦衾香烬炉无烟。
美人含怒夺灯去，问郎知是几更天。

"在清寒的夜色里读书读到忘记了时间，熏香炉里的香燃尽了，香味也淡了。美人生气地把桌子上的灯盏夺去，并问自己的郎君现在是几更天了。"是的，这就是风流才子袁枚真实生活的写照。远离官场，远离钩心斗角，袁枚把自己的才情给予了文字和美食，把自己的智慧用于打理生意。

袁枚在65岁之前，一直伴着自己的娇妻美妾们生活在随园之中，那么热爱山水、热爱美食的袁枚为什么一直没有让自己走出去呢？那是因为袁枚身边还有一个他生命中最重要的女人，那就是袁枚的母亲。作为一个大孝子，袁枚在官场的时候，曾经因为母亲的病而辞官回家照顾母亲。他无官一身轻的时候，更是把母亲视为自己生命中最重要的人。他用一道道美食，用自己的养生之法，帮母亲调理着身体。原本身体柔弱的母亲，在袁枚的精心照料下，竟然活到 84 岁才离世而去。而那时的袁枚也已经 62 岁，为母亲守了三年孝后，袁枚才开始走出随园，游戏于山水之间。他游历了很多名山大川，包括四川的天台山，浙江的雁荡山、四明山、雪窦山，安徽的黄山，江西的庐山等地。每到一处，自然是品酒、喝茶、吃美食。

古往今来，再没有像袁枚那样活得如此洒脱的才子了，他的一生是快乐的，是惬意的，他屏蔽掉世俗对他所有的指点与看法，在富贵中、在幸福中、在快乐中过着自己的烟火人生，留下美文、留下美食、留下佳话和故事。

第二章
花香抱枝头：遗落在民间的美食传说

阳光在风沙里引渡

引渡花开，引渡红尘烟火

许多故事和美丽的传说

站在秦砖汉瓦里

对着唐诗宋词轻唱

路旁酒馆里有一对对坐的人影

红泥小炉里煮着茶酒

温着江湖，氤氲着故事的清香

必以甘酸苦辛咸

咏怀古迹五首·其一
唐朝：杜甫

诸葛大名垂宇宙，宗臣遗像肃清高。
三分割据纡筹策，万古云霄一羽毛。
伯仲之间见伊吕，指挥若定失萧曹。
福移汉祚难恢复，志决身歼军务劳。

这是一首赞扬诸葛亮的七绝。在这首诗中，作者杜甫将诸葛亮与伊尹、吕尚等人作比，可见伊尹在我国古代历史上的地位之高。就让我们借这首诗穿越历史的长河，打开有"中华厨祖"之称的传奇人物伊尹的人生画卷。他从一个奴隶的儿子、饭庄的厨师、中国中药汤剂的开创者到后来成为太子的老师、一国之相。他每次的华丽转身背后，都有着怎样的传奇故事发生呢?

伊尹,名挚,尹是官名,后被商汤尊为"阿衡"(宰相),夏末商初人,生于有莘国,即今山东省菏泽市曹县西北。《墨子·尚贤》称:"伊尹为莘氏女师仆。"伊尹原为有莘之君的奴仆,听说汤"贤德仁义",心向往之。商汤与有莘结亲,他作为有莘氏女的陪嫁之臣,成为汤的"小臣"。后来伊尹受汤赏识,被任以国政。

据《吕氏春秋》记载:有莘国有一位叫佚氏的采桑女子,佚氏采桑时在一棵大桑树的树洞里拾到一个男婴,便抱回去献给了国君,国君见男婴非常可爱,便命家用奴隶庖人(厨师)抚养他。据文献载:"已氏城有平利乡,乡有伊尹冢。"古已氏城即今曹县楚天集村,平利乡即殷庙村。殷庙村在楚丘西二十余里,西望汤陵,前有神祠,名曰"元圣祠",为明代知县范希正重建,其规模与汤陵可相媲美。

伊尹的主要活动地带就是菏泽一代,所以现在许多菏泽名吃,都与伊尹有关。相传黄河鲤鱼的做法,就是由当时伊尹的做法演变而来的。菏泽属于黄河冲积出来的大平原,黄河流经菏泽辖区内的东明、牡丹、鄄城、郓城四县区。南境沿曹县、单县边界有黄河故道,菏泽市地处古今黄河之间的三角地带内。

一次,伊尹带兵打仗,获得全胜。他便想做一道美食来慰问将士们,可是因为远离都市,乡村人家又难以得到满意食材，他便一边漫无目的地行走，一边苦思冥想。一抬眼，竟然来到了黄河边，看到一个渔翁从黄河里捕捞上来了一网鱼，那些鱼身上的鱼鳞在阳光下闪着金子一般的光芒，瞪着眼睛、舞动着长长胡须的鱼在渔网里活蹦乱跳着，伊尹的笑容立刻露在了脸上，禁不住从内心叫了一声："妙，今晚的美食就是它了。"伊尹把渔翁捕捞的鱼全部买下拉回了军营。

因为一路打仗，军粮奇缺，更不要谈食用油了。伊尹在清水里放上花椒，花椒有去除鱼身体里腥味的作用，又把大块的生姜拍碎了放进鼎里，接着又放进了几片肥猪肉片，清水烧热后，放进鲤鱼。很快，扑鼻的鱼香味随着阵阵微风在空中飘荡开来，直往将士们的鼻孔里钻。等鱼出锅的时候，鱼肉白嫩新鲜，鱼汤呈乳白色。士兵们喝着鲜美的鱼汤，吃着娇嫩的鱼肉，无不对这清水煮鱼赞扬不已。

一直到现在，菏泽一带的人们还习惯用这种最简单的方法清炖鲤鱼，这种鱼炖出来的味道，新鲜又爽口，汤肉富含丰富的营养。

衡门

《诗经·陈风》

衡门之下，可以栖迟。
泌之洋洋，可以乐饥。

岂其食鱼，必河之鲂。

岂其取妻，必齐之姜。

岂其食鱼，必河之鲤。

岂其取妻，必宋之子。

《衡门》这首诗歌里有"岂其食鱼，必河之鲤"，这里的鲤鱼，说的便是黄河里的鲤鱼。黄河鲤鱼金鳞赤尾，肉嫩鲜美，是古人最喜欢吃的鱼品之一，价格列诸鱼之首，三国时称黄河鲤鱼为"鱼之贵者"，南北朝时认为"诸鱼唯此最佳"。经历代延续，凡大宴必以黄河鲤鱼作为大菜，经高级名厨之手烹制，色、香、味、形俱臻上乘，为菏泽名吃之一。并且，黄河鲤鱼也是商朝第一代国君商汤喜欢吃的一道菜。

伊尹虽然在历史上做出过重大贡献，史料上对他政绩与事迹记载却不多，因为从商汤到现在距今已经有四千多年的历史，那时候纸张还没有发明出来，仅在甲骨上记载大事，并且，经过几千年历史的长河，能遗留到现在的甲骨文也是少之又少。就是在这些珍贵的甲骨文里，星星点点地记载着伊尹的一些事迹。这些星星点点的记载已足够体现出他在当时的社会地位之高、影响之大。

在暖暖的阳光下，冲上一杯热茶，捧起一本书，我们一路且行且歌，穿行于历史的长廊，走过秦砖汉瓦里的金戈铁马，来到曾经那个名字叫"有莘"的小国家。那个时候是以奴隶制为主的年代，有莘国也不例外，是一个奴隶制的国家。但有莘王却是一个明君，无论是对自己手下的贵族还是奴隶，他都以仁政来对待，所以国家虽小，国民却能安居乐业。

前面说过，伊尹出生后不久，被一个采桑女捡到然后交给国君，国君命奴隶庖人抚养他。

伊尹从小便显出了他与众不同的聪慧与灵敏，不仅把自己父亲所有的厨艺学到手中，更是精通天文、地理、军事、政治和医学。当他作为有莘氏女的陪嫁之臣来到商国后，由于出众的才智，渐渐受到国君商汤的信任。

商汤（生卒年不详），即成汤，子姓，名履，又名天乙（殷墟甲骨文称成、唐、大乙，宗周甲骨与西周金文称成唐），商丘人，汤是上古传说中五帝之一帝喾之子、帝尧的异母弟契的十四代孙，主癸之子，商朝开国君主。商汤原是夏朝方国商国的君主，在伊尹、仲虺等人的辅助下陆续灭掉邻近的诸国，最终灭夏，建号为商，建立奴隶制国家。

伊尹来到商国后，根据商汤平日的饮食习惯，给商汤做出许多宫廷御厨都无法做出的可口饭菜，并且往往会亲自端了这些饭菜送到商汤的面前。久而久之，两个人越聊越投机，商汤往往要求伊尹陪自己吃饭。借此机会，伊尹不仅教会了商汤养身之术，更是把做饭菜的理论，用到政治上面，用五味调和说与火候论，结合当下时局情形来谈论治理国家的道理。他指着自己做给商汤的饭菜，对商汤说："调和之事，必以甘酸苦辛咸。"伊尹总是借烹饪之事而言治国之道，往往让商汤听得心服口服。

商汤完全被伊尹的才华所折服，他夸赞伊尹是"厨圣""烹调之圣"。所以一直到现在，当人们在讲伊尹的故事时，还喜欢这样称呼他。

水调歌头·汤头拾趣

佚名

竹叶柳蒡道，泰山磐石边。龟鹿二仙兴至，逍遥桂枝前。更有四君三子，大小青龙共舞，玉女伴天仙。阳和桃花笑，碧云牡丹妍。

酥蜜酒，甘露饮，八珍餐。白头翁醉，何人送服醒消丸？凉膈葛花解醒，保元人参养荣，回春还少年。四海疏郁罢，常山浴涌泉。

这篇佚名作者的诗词《水调歌头·汤头拾趣》里，包含着三十个汤头。现在人类的中医学之所以能发展到这样的高度，与伊尹这个"中医汤剂始祖"是分不开的。根据学者考证，伊尹在商的身份除了宰相之外，还是一个巫师。商朝时，巫、史、医合一，巫师本身多兼有医的功能。历代医家皆对伊尹创制汤液的故事深信不疑，认为《汉书·艺文志》中记载的

《汤液经法》书就是伊尹所著，可惜的是这本医书在唐代以后失传了。

还有人将黄帝、神农氏和伊尹并称为"三圣人"："隐医医之为道，由来尚矣。原百病之起愈，本乎黄帝；辨百药之味性，本乎神农；汤液则本乎伊尹。此三圣人者，拯黎元之疾苦，赞天地之生育，其有功于万世大矣。"伊尹虽然不是最主要的医药行业神，但大多数民众相信，汤液是由他发明的，汤液的发明提高了中药的疗效，成为中医药学最主要的特色之一。

伊尹在军事上的成就也是极高的，他参与了灭夏战争的策划、准备和实施。最终，伊尹成为历史名相，名扬天下，并成为商朝前四位皇帝的老师。政治上，他主张"居上克明，为下克忠"。在教育上，他认为"习与性成"。伊尹对于道德教育尤为重视，处处强调"惟新厥德，终始惟一"。医学上，开创汤剂先河；美食上，更是高居十大名厨之首。苏东坡所著的《伊尹论》则更从政治角度称赞他是："办天下之大事者，有天下之大节者也。立天下之大节者，狭天下者也"，夸赞他不以私利动心，"是故其才全。以其全才而制天下，是故临大事而不乱"。后人更是把他化身为神，把他的身世、把他的故事神化。

梧桐叶落晚风旋

彭祖井

明朝：马惠

古井城边不记年，名留彭祖世相传。
玉绳汲虎人何在，金鼎蟠龙客已仙。
秋石苔浸秋雨积，梧桐叶落晚风旋。
谁能更把寒泉浚，一饮须教寿八千。

这首诗歌是明朝诗人马惠来到彭祖井旁，望着彭祖井而心生感慨留下的墨宝。"这座古井的台阶上所雕刻的年份已经模糊，看不清楚，也不知道它在这里静卧多少年了，只知道这座古井的名字叫彭祖井，它的故事被后人世代相传。夜色渐浓，星星和月亮在水底的倒影随着水波荡漾着，金鼎上那条卧龙也早已成了神仙，不知道彭祖现在游历在什么地方。

秋天的石头上长出了绿色的苔痕积聚着雨水，梧桐叶被秋风一吹如荡秋千一般纷纷落下，更是增添了一分内心的凄凉。谁能把这井里清凉的泉水挖得更深一些呢？这井底之水如果喝上一口，一定会让人长寿活到八千岁。"

读着这样的诗行，一个童颜鹤发、身体健硕、气质飘逸的老者就站在了我们的眼前。

彭祖，一作彭铿，或云姓篯名铿，生卒年不详，是传说中的健康长寿养生专家。原系先秦传说中的仙人，奉为仙真。彭祖于六月六日出生，其父亲陆终，母亲女馈，是上古帝王颛顼的孙子（黄帝的第八代孙）。相传他历经尧舜、夏、商等代，活了八百多岁。

彭祖在历史上对养生学有着非常大的贡献，他生活的那个年代，许多帝王和达官贵人为能得到他的养生秘籍而不惜一切代价，《庄子·刻意》曾把他作为道引养形之人的代表人物，《楚辞·天问》里说他善于食疗，常常用食疗的方法让许多病人的身体恢复健康。

有治具相邀者恐其未能脱略也先寄此诗以广其意
明朝：王彦泓

宾至愁君昼寝惊，茶炉想已沸秋声。
无烦座客矜牛炙，只倩厨娘点雉羹。

欢极有人能一石，狂来无饮不三更。

何须鲭鲊方相授，明日重过觅解醒。

明朝诗人王彦泓写的这首诗歌里"无烦座客矜牛炙，只倩厨娘点雉羹"的"雉羹"相传便是彭祖在几千年前发明的一道名菜，并一直流传于后世。这道菜的做法，没有后人能有所突破。

传说，彭祖幼年时被一修道高人所收养，彭祖拜高人为师，学修身养性之术，师傅看中了彭祖的慧根，穷其一生所学，全部传授给了彭祖。在师傅的言传身教之下，幼小的彭祖对美食与养生便非常有研究，有自己的见解，他崇尚自然归一的说法，还提出预防疾病的主要方法就是要学会调理自己的身体，用食物疗治来代替药疗，比如大枣、桂圆等物品能补血，人参和丹桂适合身体虚弱之人服用，冬吃萝卜夏吃姜等举不胜举的例子，都来自后人整理的《彭祖养生学》里。

很快学有所成的彭祖，连二十岁都不到，便成为当地的名厨。人们为了能得到他的美食，要么提前预订，要么不惜排队等候许多天。尤其是那些病后初愈之人，如果能得到他的美食的配方，然后回家烹饪，不久身体定会完全恢复健康。

据传帝尧因为日理万机操劳国事，身体日渐衰弱，渐渐到了不思茶饭的地步，他身边的大臣担忧至极，请来名医、神巫给帝尧治病，可帝尧的病情就是不见好转，所有端到面前的饭菜，都原封不动地又被端了回来，众大臣望着帝尧的身体都无可奈何。此时，有大臣便举荐彭祖帮帝尧看看身体，就这样彭祖便被请来了。彭祖望着帝尧的脸色，再伸手把了一下他的脉象，知道帝尧是劳累过度、气血两亏所造成的，便连夜上山打来了一只野鸡，故意在帝尧病榻的前面支起鼎，将野枸杞子、香菜、稷米等调料与野鸡一同放于砂锅中用文火慢炖了起来。不一会儿的工夫，一股奇异的香味便在空气中弥漫开来，闭眼微睡的帝尧突然把眼睛睁开，说道："好香，我想吃饭了。"

彭祖便把鲜嫩可口的汤肉端到了帝尧的眼前，帝尧一气把汤喝光、肉吃光后，把碗放进彭祖的手中说："再来一碗，这是什么食物，真是美妙极了。"彭祖答："雉羹。"帝尧道："好，妙极了。你治好了我的病，我把彭城赠予你。"

彭祖因为厨艺的高超，被后人称为厨行的祖师爷，《中国烹饪史略》中称彭祖"是我国第一位著名的职业厨师"，而且是"寿命最长的厨师"，至今被尊为厨行的祖师爷。

后人更是用大量的文笔赞美着彭祖的厨艺：屈原在《楚辞·天问》中写道："彭铿斟雉帝何飨，受寿永多夫何长？"伟大的爱国主义诗人屈原，用自己的诗词诗意地反映了彭祖在推动我国饮食文化进步方面所做出的卓越贡献。汉代《楚辞》专家王逸注曰："彭铿，彭祖也。好和滋味，善斟雉羹，能事帝尧，帝尧美而飨食之也。"宋代洪兴祖补注曰："彭祖姓篯名铿，帝颛顼玄孙，善养气，能调鼎，进雉羹于尧，封于彭城。"彭铿是彭部族的始祖，以后子孙繁衍，主要是得益于他的"雉羹之道"，便尊称他为彭祖，他的后裔就叫彭祖氏。彭祖的"雉羹之道"逐步发展成为"烹饪之道"，雉羹是我国典籍中记载最早的名馔，更是被后人誉为"天下第一羹"。

杂曲歌辞·浩歌（节选）

唐朝：李贺

南风吹山作平地，帝遣天吴移海水。
王母桃花千遍红，彭祖巫咸几回死。
青毛骢马参差钱，娇春杨柳含细烟。
筝人劝我金屈卮，神血未凝身问谁。

唐朝诗人李贺的这首《杂曲歌辞·浩歌》里的诗句"王母桃花千遍红，彭祖巫咸几回死"，意思是："王母娘娘种的桃树要三千年一开花，彭祖和巫咸也不知道在人世间活了多长。"这里指的是彭祖的寿命实在太长，世人无法再记清楚他到底在人世间存活了多少年。《神仙传》曾经这样说彭祖，"少好恬静，不恤世务，不营名誉，不饰车服，唯以养生治身为事"。

是的，作为治疗好帝尧疾病的功臣，彭祖完全有资本居功自傲，凭借自己高超的医疗养生术、精湛的厨艺，让自己在仕途上求得好的发展。但彭祖却没有这样做，而是把名利看得淡之又淡，认为那只不过是过眼云烟罢了，他把毕生心血与爱好都放到养生和美食上面。一直到现在，民间还沿用着彭祖的"延年益寿养生法"，并给他的养生法归结出来了三大类。

第一要注意锻炼身体。每日凌晨即起，端坐、揉目、按摩、砥唇咽液、意守丹田、吸气数十遍；然后起身、熊径鸟伸、运气发功等，这些都是气功的入门之法，所以彭祖又被称为气功的最早创始人。第二要淡泊名利、心平气和。曾经有一个传说，殷王看彭祖生活拮据，便赐他万金，用来接济彭祖，但彭祖却拒之门外，不接收馈赠。面对外界名利与金钱的诱惑，他自己的喜怒哀乐从不会被打扰，始终保持良好的精神状态。第三便是天人合一、阴阳平衡的生活状态。那就是顺乎自然的生活习惯，不伤害身体，冬天注意保暖，夏季时常纳凉，顺应四时气候的变化，重视劳逸结合，衣着求贴身和舒服，不求时髦和好看，饮食上以应季蔬菜和水果为主，要注意阴阳的和谐与搭配，不寡味、不纵欲。

正是因为彭祖顺应自然发展的规律，所以相传彭祖活了八百岁，一生娶了五十个妻子。因为从古到今，女儿从不被列入家谱之中，所以彭姓家谱里记载的他的儿子便有五十四个，至于女儿有多少个，便不得而知了。

彭祖在七百六十五岁的时候，实在无法推脱掉商王的热情，无奈只好做了商朝的大夫。但彭祖却整日以身体不适为理由不上早朝，而是与自己的妻子游历于山水之间，每日以水桂、云母粉、麋角散代茶服用，他的脸色红润，身体健硕。

商王请彭祖做官的目的非常明确，就是想得到彭祖的养生、长寿秘籍，也就是彭祖所著的养生之道的书《彭祖经》，他这才千方百计想要接近彭祖。心如明镜一般的彭祖，自然明白商王的目的所在，所以商王的目的最终也没有达到。彭祖终是受不了做官的约束，最后还是辞官做了普通百姓，从此携自己的娇妻远离官场，游历在山水之间。

商王看一计不成，便再生一计，让在他深宫居住多年的一个名字叫采女的巫女去接近彭祖。当时的采女也已经有二百多岁，但容颜俊美，看上去只有十八九岁的年龄。因为同是修道之人，两个人有非常多的共同话题。采女与彭祖聊得越来越投机，彭祖看采女也是道中修行之人，与自己交往中处处谦虚有礼，便去掉了防备之心，把自己修身养性之法传授给采女。

彭祖对采女说道："想要进入天界成为神仙，并有一定的驱遣鬼怪的法力，会凌空飞行，这种法术，我是没有的，恐怕不能够教你。你如果想学，就要去找元君太白。"其实，古时帝王为了求得长生不老之术，往往喜欢信任那些邪门道术,炼丹服药。而彭祖却这样巧妙地向采女说明这种方法是不可取的,那些不懂医术的江湖术士,就是利用自己能忽悠的本领,取得帝王一时的信任罢了。最后一句话他说得更是幽默,要想学会这种法术,只能找太白金星,太白金星本就是传说中的天上神仙,世人又怎么能找得到呢?从中也可以看到,彭祖对采女是真的心无芥蒂,把她当成道友对待的。

采女便借机又问彭祖道:"那我怎么样做,才能得到长生不老的法术呢?"

彭祖道:"其实,人只要注意本身的饮食习惯,学会调理身体,一般都可以活到一百二十岁;如果再稍微懂得养生之道,能活到二百四十岁;再懂得多点,并注重修炼,可活到四百八十岁;如果精通于养生之道,遵循自然之法,寿命就会更长了。总的来说,一切遵循自然之法规,注意自己不要去伤害自己的性命。"

讲到这里,彭祖稍微顿了一下,又接着讲道:"春天到了,我们不要急着去脱掉冬天的衣服;秋天来了,我们不要过早穿上太保暖的衣服。但冬天一到,我们一定要注意保暖。夏天火热的时候,我们不要在烈日下干太重的体力活,以清淡食物为主,不要太过油腻。四季的更替,自然有四季的规律,我们要遵循规律而行,根据四季的变化而变化。至于对美色的欲望,不要纵欲过度,但也不要无欲无度,精神就能有所寄托而愉快。莫贪图名利与金钱,常听音乐品香茗，凡事要有个度，超过了不好，无度也不好，这些都是养生之道。"

彭祖这里讲的主要在一个"度"字，这是养生之道中的关键，也是为人处世的关键，无论什么事情，我们都需要掌握这个"度"字，过了不好，不到位也不好，都是对身体或人品有伤害的。

彭祖为人是真诚的，商王本想以采女的美色来勾引彭祖，让彭祖说出养生的秘籍。结果彭祖却视采女为知己，为同道中人，让采女没有费周折便得到了彭祖的养生之道。

回到宫中，采女便把彭祖所传道法讲给商王，得到彭祖养生之法的商王，立刻要对彭祖下杀手，因为他怕彭祖再把长寿之道传给别人，却不料采女早已钟情于彭祖，与他一起逃走，并成为他的一位妻子。

登彭祖楼

北宋：陈师道

城上危楼江上城，风流千载擅佳名。
水兼汴泗浮天阔，山入青齐焕眼明。
乔木下泉余故国，黄鹂白鸟解人情。
须知壮士多秋思，不露文章世已惊。

北宋诗人陈师道就是彭城人,所以他对彭祖深有研究和考察,他的这首《登彭祖楼》更是把彭祖的智慧、美丽传说与故事,还有彭祖的气魄都融入其中,尤其是收尾的两句"须知壮士多秋思,不露文章世已惊"更是把彭祖超然脱俗的禅悟之道融入诗行之中。

其实说起彭祖楼,还有一段极为美丽的传说:彭祖因医治好帝尧的病,而成为彭城的主人。有一日,彭祖在黄河边散步的时候,看到一位白衣姑娘也在黄河边,那姑娘美丽端庄,眉宇间透着不一样的聪明与智慧,彭祖知道此女子非普通人物,从内心倾慕她的风采与美丽。彭祖的眼光果然是不一般的,这女子不是别人,就是天上的寿仙麻姑。麻姑因为感动于彭祖的诚心与为人,也知道彭祖非凡夫俗子,为了度化彭祖,便送给彭祖一枚寿桃来吃。彭祖自从吃下麻姑所赠的寿桃后,突然感觉自己的筋骨健壮,身体里活力无限,从此,他便如同有了抗衰老的本领,无论岁月怎么向前,他都是一位年轻力壮的青年。后来彭祖为了纪念和感恩麻姑,在他与麻姑邂逅的地方建了一个"彭祖楼",自己经常站到楼上眺望远方,希望自己思念的麻姑会突然款款而来。

正是因为这个美丽的传说,民间祝寿的时候,寿桃成为必备之品。随着时光的流逝,因为桃子不是四季都有,人们便用面粉蒸制成桃状来代替寿桃。而麻姑酿造的灵芝酒,更是寿桌上的必备饮品之一。

关于彭祖活了八百多岁这个传说，后人有两种解释：一是彭祖实际上是以其命名的一个氏族，所谓彭祖年长八百，实际上是大彭氏国存在的年限；二是指所谓的"小花甲计岁法"，其主张者认为该法源于"六十甲子日"，就是古代所传六十个星宿挨次值日一圈的时间，民间等拜上天星宿，凡人寿命皆与星宿对应，便以六十个星宿轮流值日一周的时间为一岁，按此计算，彭祖实际寿数合今天的一百三十岁。

无论民间怎么传说，但彭祖养生术、彭祖做的美食和彭祖始创的气功，一直流传至今，为人们强身健体做出了重要贡献。而后人则用许许多多美好的传说和故事来赞扬着彭祖的德行。

冬至去寒娇耳汤

芙蓉

宋朝：白玉蟾

临水氲芙蓉，一花还两影。
上倚夕阳斜，下浸秋波冷。

这首《芙蓉》诗，是宋朝诗人、书画家白玉蟾用来描写临水萝饺的形状与美味的诗句："把水饺放入锅里，如一朵朵盛开的芙蓉花一般美丽。这一朵花还会有两个影子，真是奇妙极了。上面的影子像是倚着斜斜的夕阳一般，下面的影子更是美妙得如同浸在秋波里。"读着这优美的诗行，再想想水饺的美味，人们禁不住要口舌生津了。

千百年来，素有南方混沌北方水饺之说。北方的人家，无论是在城市还是农村几乎家家户户都有吃水饺的习俗。在冬至这天吃水饺是与一个充满大爱的美丽传说有关的。相传人们如果在冬至这天吃了水饺，一冬天便不会再冻耳朵，在这一天吃水饺还是为了纪念一代名医张仲景。

张仲景（公元2—3世纪），东汉末年医学家，名机，字仲景。南阳郡涅阳（今河南省南阳市）人。正史无传，生卒年及生平不详，经后人考证，约生于东汉和平元年（150年），卒于建安二十五年（219年）。他撰写的《伤寒杂病论》，是中医史上第一部理、法、方、药俱备的经典，明清时期的医家喻嘉言称此书："为众方之宗、群方之祖"。元明以后被奉为"医圣"。据说曾任长沙太守。少时学医于同郡张伯祖。东汉末年，疾疫流行，仲景宗族在不到十年中死去三分之二，主要症状都是伤寒发热，然后转至危殆。仲景悲痛之余，发愤著书。他勤求古训，博采众方，撰成《伤寒杂病论》，吸收《内经》《难经》《阴阳大论》《胎胪药录》《平脉辨证》诸书精义，依据伤寒发热病的整个起始发展变化过程，以及病邪侵害脏腑经络的程度，结合患者内在正气盛衰，总结伤寒发展规律和辨证施治法则，为中国古代医学开创了理论与临床实际相结合的典范。

古代从医者，都有一套自己的养生理论与饮食方法。一直到现在，人们去医院看病时，无论是遇到中医还是西医，拿完药后，医生还会额外嘱咐一下吃这药不能吃什么食物，与什么食物相克之类的话。这些嘱咐一般都是从老中医那里得到的经验。

作为一代医圣的张仲景同样如此,他不仅对医治人类的伤寒病症做出了重大贡献,还从养生保健上帮助人们强身健体,预防疾病的发生。

饺子最初的名字叫"娇耳",相传是我国医圣张仲景最先创造制作出来的。一直到今天,他的"祛寒娇耳汤"的故事在民间还广为流传着。

张仲景在担任长沙太守时,看有些百姓生病因为无钱医治而痛苦的样子,从内心充满了同情,他便脱下官服,在民间微服私访,遇到生病的百姓会免费为他们治疗。这一年夏天,长沙城内连降十多天大雨,潮湿的空气里涌动着热浪,正适合了病菌的生存,瘟疫很快盛行了起来。为了救治百姓,张仲景便在衙门口垒起大锅,舍药救人。很快,瘟疫便被控制住,不再扩散。他的这一义举,让长沙百姓们感激不尽,当年冬天,在他告老还乡的时候,长沙的百姓排成了十里长龙给他送行。

张仲景一路劳顿奔波,当走到家乡白河岸边的时候,正好是冬至节气。此时正是东汉末年,动乱频繁,很多穷苦百姓忍饥受寒,衣不遮体,在寒冷的北风里,身体冻得瑟瑟发抖,耳朵都冻烂了。伤寒肆虐,许多百姓被活活冻死和病死在街头。张仲景望着这悲惨的尘世间,望着百姓们所受的苦难,内心疼痛不已,决心救治他们。

张仲景"医圣"的美称早已经传扬在外，说起他这个美称，还有一段传奇故事。

有一对官宦夫妇，老来得子，一家人开心无比，可这孩子出生后不哭不叫，摸摸胸口，却还有呼吸。这可急坏了夫妻二人，他们请来当地许多医生来给孩子看病，都看不出孩子得了什么病。此时路过此地的张仲景走了过来，上前用手把了把孩子的脉象，然后向这对夫妻要来一碗冷水，含进口中，对着孩子的脸便喷了一口，结果这孩子哇的一声哭出了声音。

夫妻二人惊叹不已，问张仲景孩子到底是什么病，只听张仲景解释道："夫人在生孩子前因为喝太多酒，这孩子还在醉酒状态中，所以我用一口冷水把他叫醒了。"当张仲景要返回家乡时，这对夫妻故意送给了张仲景一匹老马，等张仲景半个月后回到家中时，看到自己的家已经被这对夫妻翻盖一新，并且在自己家的大门上挂了一个大大的门匾，上书"医圣"两个大字。从此，张仲景"医圣"的美名便被传扬开来。

当乡亲们听说张仲景回到了老家的时候，他家的门槛几乎被前来求医的人踏破。望着乡亲们充满期待的眼神，张仲景心中不忍拒绝，一时让他忙得不可开交了起来。望着病人的痛苦，张仲景仿照在长沙的办法，叫弟子在南阳东关的一块空地上搭起医棚，架起大锅，在冬至那天开张，向穷人舍药治伤、舍粮救饥。因为怕距离远的乡亲吃不上,张仲景让自己的弟子在家乡的大街小巷做宣传,凡是冬至这天来求医的病人,都不会收取一分钱的诊疗费和药费。

张仲景给这服药取名叫"祛寒娇耳汤",是总结自己多年的医疗经验,和前辈们三百多年临床实践而成。其做法是用羊肉、辣椒和一些祛寒药材在锅里煮熬,煮好后再把这些东西捞出来切碎,用小麦磨成的面粉和成面,擀成一张张手掌心一般大小的薄皮,把这些肉和青菜剁得细碎包进面皮里,包成耳朵状的"娇耳"。然后把这些"娇耳"下锅煮熟后分给乞药的病人。每人两只娇耳、一碗热汤。

人们吃下祛寒娇耳汤后,立刻感觉寒冷的身体浑身发热,血液通畅,周身上下都变得温暖了起来。张仲景知道,这样寒冷的日子还有许多天,自己不能只让乡亲们喝一顿这样的祛寒娇耳汤便不再顾及他们。于是,他倾其所有,让自己家乡的乡亲把这种"娇耳"从冬至一直吃到除夕,帮他们抵御寒冷,治好了冻耳。

除夕之夜,人们聚在一起,点燃烟花和鞭炮来庆祝这个冬天的离开。新年的第一天,人们庆祝新年,也庆祝烂耳康复,就仿照张仲景"娇耳"的样子做过年的饭食,并在初一早上吃。后来,人们称这种食物为"饺耳""饺子"或"扁食",就这样慢慢形成了习俗,每当冬至和春节,人们必食饺子,一是为纪念张仲景开棚舍药和治愈病人,二是象征我们日子的幸福与和美。

现在的饺子已经成了人们饭桌上最常见、最爱吃的食品之一。随着生活的富裕，饺子不仅在冬至和春节吃，平时一家人没事聚在一起的时候，也喜欢围坐在饭桌前，包一顿饺子来吃。

进则救世，退则救民；不能为良相，亦当为良医。

——张仲景

张仲景的这句名言，一直到今天还被许多人张贴在自己家墙壁上，成为自己的座右铭："如果为政，那就要认真做好救治这个社会的工作，如果为医，那就要做好治疗民众疾病的工作。即使真不能做一个好官，也应当做一个好医生吧。"张仲景一生不为做官，更不追求名利。他最大的理想就是当一名医生，治疗百姓身体里的疾痛。这句话体现了张仲景的人生追求和高尚医德。这种追求为我们后世医家留下了宝贵的财富，他的经典医著和方剂也流传百世，成为医学研究有价值的资料。

杏园中枣树

唐朝：白居易

人言百果中，唯枣凡且鄙。
皮皴似龟手，叶小如鼠耳。
胡为不自知，生花此园里。
岂宜遇攀玩，幸免遭伤毁。
二月曲江头，杂英红旖旎。
枣亦在其间，如嫫对西子。
东风不择木，吹煦长未已。
眼看欲合抱，得尽生生理。
寄言游春客，乞君一回视。
君爱绕指柔，从君怜柳杞。
君求悦目艳，不敢争桃李。
君若作大车，轮轴材须此。

从白居易的这首《杏园中枣树》，我们可以看到枣全身都是宝。如果枣入中药，有缓和药效的作用，如果直接食用或者把枣放进食物里一起食用有健脾益胃、增强人体免疫力、补气养血、增强肌力的作用。而枣木却又可以用来做成家具。

古代中医倡导的一直是有病治病，无病的时候，要注重日常生活中的养生和保健。张仲景在他的医学专著里，记录下了他的治疗经验以及养生、保健方法，让世人读来通俗易懂，学之既会。在张仲景的《伤寒论》里，有一句养生的经典名言，一直被历朝历代名医和养生专家所引用，这句话更是张仲景的养生智慧的结晶，这句话的大意是"脾胃虚百病丛生，脾胃健旺百病除"。

生于东汉末年的张仲景，自然明白人们生活的穷苦与困难，他总是喜欢从现实生活中，取最普通的食材推荐给病人，让人们在日常生活中用最简单的食物，调理自己的身体。这样既让他们省了钱财，又能保持身体的健康。那时的枣树，已经被人们广泛种植，尤其是他们所居住的院落里，总是会有枣树生长的身影。大枣便成为张仲景推荐给那些脾胃虚寒之人的首选食品。张仲景教给人们食用大枣的方法非常简单，饮茶时，可以在茶水里放两枚大枣，煮饭时，可以在稀饭里放几枚大枣。如果有条件的话，张仲景便推荐他们用红枣、白术、干姜、鸡内金先煮熬取汁，再将汁与面粉及适量的糖制成糕点。制成的这种糕点适用于胃呆纳减、大便溏薄。后来人们为这种糕点取名叫"红枣益脾糕"。一直到现在，这种糕点还被那些脾胃虚寒之人食用。

张仲景一生医术高明，不知道医治好了多少人间疑难杂症，比如曹操的妻子卞夫人的抑郁症都是他给治疗好的。因为曹植的妻子崔娥被赐死，曹植又被流放，因此卞夫人郁闷成疾，夜不能寐，出现了轻生、厌食、不愿意与人交流等症状，曹操不知道请来多少名医，都无法改善卞夫人的症状。后来请张仲景诊疗，连服"黄连阿胶汤"半月，病体恢复。曹操见张仲景医术如此高超，赐给张仲景锦缎三匹，并想留张仲景在府中为医，张仲景却婉言谢绝。临行时，张仲景嘱咐卞夫人，常服阿胶养生，定会延年益寿。后来，曹植到东阿为王，常常将东阿阿胶送进宫中，让母亲补养，以至卞夫人身体康泰，驾鹤西游时年近八十。

而张仲景游走在人间，帮人们治疗着身体里的疾病，并流下传世之作《伤寒论》《伤寒杂病论》，被人称为"医中之圣，方中之祖。"

据民间传说，张仲景在晚年的时候，因为无法婉拒好友的推荐，再一次走入仕途，担任了长沙太守。作为一个时时为百姓着想的好官，张仲景平时总是喜欢在长沙城内微服私访，解决百姓们的实际问题。这日，张仲景再一次来到民间，因为累了，坐在湖边的一块大青石上休息，突然一位老妇人的哭泣声传了过来，张仲景急忙起身问那妇人为什么哭泣，那妇人便回答说："我女儿嫣然，病情严重，请了多少医生都说无药可治，所以才会在此哭泣。"

张仲景便请那妇人带自己回她家看一看嫣然的病情，妇人一听，急忙把张仲景带回家中。张仲景望着病床上病入膏肓的美貌少女，一边轻轻帮她把脉，一边问那女子的母亲：

"令爱最近是不是夜里淋了雨?"她母亲回忆了一下说:"是的,前几日,小女因为担心进城的父亲晚归,便提了灯笼去接父亲,结果天突降大雨,她回来就变成这样了,像丢了魂魄一般。"

张仲景心里便明白了几分,原来这女孩子正好来月事,夜黑风高加上她胆小害怕,一时虚火旺盛,阴风侵入身体她才会病得这样重。张仲景开了几服药给了那妇人,让她按时给嫣然服下。果不然,嫣然姑娘服下张仲景的药后,身体好转,并慢慢恢复健康。当她知道自己的生命是张仲景救回时,便对他心生爱慕之情,并对父母说此生非张仲景不嫁。

嫣然的父母便托了媒人到张府说亲,并把女儿的意思转达给了张仲景。张仲景想到自己已是八十老翁,而嫣然正是美好年华之时,怎肯答应,便婉拒了这门亲事。但张仲景的妻子却不答应了,她一生唯一的遗憾便是没有给张仲景生下一个儿子,当她听说有女子愿意嫁给张仲景,并被张仲景拒绝时,就亲自跑到嫣然姑娘的家里,重新促成了这门亲事。

结果第二年,嫣然姑娘便为八十高龄的张仲景生下一个大胖小子。张仲景晚来得子的故事,一下成为长沙百姓茶余饭后的谈料。好多人说:"张太守真是个神医,他的养身之道就是管用,八十岁能添一贵子就是见证。"还有人说:"八十相公年轻媳,不知这娃是谁姓?"

此时张仲景告老还乡的文书正好批下来,张仲景没有和百姓多解释什么，而是留下诗词一首："八十老翁得一娃，笑坏长沙众百家。如若是我亲生子，十八年后坐长沙。"

虽然这个民间传说有很多经不起历史推敲的地方，只能当作一个故事听，但它从一个侧面反映了当时张仲景因为一生注重养生，到晚年依然身体健硕。

第二章 花香抱枝头：遗落在民间的美食传说

一点樱桃启绛唇

一点樱桃启绛唇,两行碎玉喷阳春。
丁香舌吐横钢剑,要斩奸邪乱国臣。

——罗贯中《三国演义》

在《三国演义》这本以男性为主角的经典之作里,有一个拥有绝世美貌的女子,她的风华,绝对胜过里面的任何风流人物。这首诗便是这个女子与董卓初见时唱出的歌曲,既唱出了一个女子的美貌,又唱出了一个女子巾帼不让须眉的志气。

董卓望着眼前的美人曼妙的舞姿,听着美妙的歌声,自然是心猿意马,性情大乱。《三国演义》的第八回《王司徒巧使连环计 董太师大闹凤仪亭》曾有一段这样的情节:

卓称赏不已。允命貂蝉把盏。卓擎杯问曰:"青春几何?"貂蝉曰:"贱妾年方二八。"卓笑曰:"真神仙中人也!"允起曰:"允欲将此女献上太师,未审肯容纳否?"卓曰:"如此见惠,何以报德?"允曰:"此女得侍太师,其福不浅。"卓再三称谢,允即命备毡车,先将貂蝉送到相府。卓亦起身告辞。允亲送董卓直到相府,然后辞回。

从此,她的美貌注定要在历史的长河里留下一段传奇佳话,她的一生注定要与三个男人纠缠不清。这美,让她红颜成祸水,更是让她红颜多薄命。她被当成了政治的牺牲品,用自己的美色和执着追求着爱情,却又与爱情失之交臂,让人们禁不住从内心问一声:"她的爱情最终给了谁?她最爱的人到底是哪一个?"

在民间传说中,貂蝉原名任红昌,出生地、生卒年均不详。与西施、王昭君、杨贵妃齐名,并称中国古代四大美女,也是唯一一位无史料记载仅存于小说戏剧中的美女。有一种民间说法认为,她15岁被选入宫中,任管理宫中头饰、冠冕的女官,从此更名为貂蝉。汉末宫廷风云骤起,貂蝉出宫被司徒王允收为义女。不久董卓专权。王允利用董、吕好色,遂使貂蝉施"连环计",终于促使吕布杀了董卓,立下功勋。之后,貂蝉为吕布之妾。白门楼吕布殒命,曹操重演"连环计"于桃园兄弟,遂赐之于关羽。

与西施的下场一样,当貂蝉完成自己的历史使命后,她便完全退出历史的舞台,她的生与死再也不会受到那些大人物的在意。这或许是《三国演义》里罗贯中的一个疏忽,或许是罗贯中根本就不知道貂蝉最后命运的归宿，所以他也无法说清楚貂蝉最后的生死，直接忽略了她最后的故事。所以她完成自己的历史使命后，让后人对她最后的结局展开了丰富的联想。

原是昭阳宫里人，惊鸿宛转掌中身，只疑飞过洞庭春。
按彻梁州莲步稳，好花风袅一枝新，画堂香暖不胜春。

——罗贯中《三国演义》

这是《三国演义》里的一首诗词，这首诗词不仅交代了貂蝉从什么地方来到王允的府中，还写出了貂蝉眉眼里的美貌和舞姿的卓越。其实这首诗词只形容出了貂蝉的美貌，却不知道貂蝉还是一个集英勇、机智和聪慧于一身的女子。她用自己的智慧和能言善辩成功离间了董卓与吕布的父子情深，最终让董卓死于吕布的方天画戟之下。而这首诗词，就是貂蝉与董卓初见时，自己唱给董卓的歌词。

董卓的狡诈、奸猾与残忍是出了名的，他祸乱朝纲、居功自傲、残忍暴戾、滥杀无辜，百姓深受其害，对他恨得咬牙切齿。而群臣面对他的淫威，更是皆岌岌自危，即便枭雄曹操亦是因行刺他失败而亡命天涯。历朝历代的史学家写他的时候，都没有给他树一个好形象，民间更是把他形容为如泥鳅一般狡猾和难对付。

在张家界一带，流传着一种名字叫"貂蝉豆腐"又名"泥鳅钻豆腐"的美食，烧制方法是先把小泥鳅放在缸里或坛子里，倒入清水并放少量的食盐，喂养一夜，等泥鳅吐尽肚子里的泥沙和杂质，再用清水冲洗，并将鲜活的泥鳅倒入嫩白豆腐内，让它们乱钻，等把豆腐钻出若干小眼，再下油锅炖煮，并加上花椒、葱花、味精、生姜末、酱类等佐料。这道菜营养特别丰富，又特别鲜嫩，豆腐滑润洁白，泥鳅金黄酥嫩，味道鲜美带辣，汤汁浓香。但人们却不知道这道菜在三国时期便已成为人们桌上的佳肴，并与貂蝉和董卓的故事有关。

人们对董卓恨之入骨，当人们听说貂蝉用美人计终于扳倒董卓后，便创造了这个名字叫"泥鳅钻豆腐"的菜品，来讽刺董卓虽然奸诈与凶狠，却最终没有逃脱美人计的算计，终于命丧黄泉。这道菜所代表的含义便是：以泥鳅比喻奸猾的董卓，泥鳅在热汤中急得无处藏身，钻入冷豆腐中，结果还是逃脱不了烹煮的命运。

> 司徒妙算托红裙，不用干戈不用兵。
> 三战虎牢徒费力，凯歌却奏凤仪亭。
>
> ——罗贯中《三国演义》

《三国演义》里的这首诗写的便是貂蝉利用美色在董卓与

吕布之间周旋的故事,以及王允的聪明和善于谋略。在《三国演义》里,王允是一个足智多谋、对饮食和人的心理颇有研究之人,其中"貂蝉汤圆"就是他发明的。

貂蝉从小便是个集美貌和聪慧于一身的奇女子。在故事和传说里,是这样记载的:东汉末年,貂蝉降生人世,三年间当地桃杏花开即凋。貂蝉身姿俏美,细耳碧环,行时风摆杨柳,静时文雅有余,貂蝉午夜拜月,月里嫦娥自愧不如,匆匆隐入云中。因遭十常侍之乱,避难出宫,为司徒王允收留为歌女。王允看貂蝉集美貌和聪慧于一身,自然从内心喜爱不已,随即认貂蝉做了义女,并视为亲生女儿一般看待,这让貂蝉从内心感激不尽。所以当王允看到东汉王朝被奸臣董卓所操纵,并忧心忡忡时,貂蝉便决心帮王允分忧,愿意做美人计中的女主角,帮王允和东汉除去心头大患。

所以说,貂蝉无论是和董卓在一起,还是和吕布在一起,都只是为了完成自己的使命罢了,她的心里,对董卓没有爱情,对性格粗莽的吕布同样没有爱情。为了帮助吕布顺利杀死董卓,王允特意做了一道名叫"貂蝉汤圆"的甜美糕点。这种汤圆与普通汤圆不同的地方在于,王允在其中又加入了辣椒和风干的姜丝、枸杞子等,并让貂蝉亲自端给董卓品尝,董卓吃了美人貂蝉端来的不一样的汤圆后,感觉全身发热,头脑发胀,大汗淋漓,不觉自醉。

此时,貂蝉便用信号把吕布引来,成功把武功高强、老奸巨猾的董卓杀死，帮汉朝除了心头大患。

自此后，貂蝉便与吕布生活在一起了，并深受吕布的宠爱，看似从此后便可以与吕布食着人间烟火，过上幸福美满的生活了，却不知道，还有更大的劫难在等待着她。

红牙催拍燕飞忙，一片行云到画堂。
眉黛促成游子恨，脸容初断故人肠。
榆钱不买千金笑，柳带何须百宝妆。
舞罢隔帘偷目送，不知谁是楚襄王。

——罗贯中《三国演义》

在《三国演义》里，有两首描写貂蝉美貌的诗词，这是其中的一首。这首诗歌写的主要是貂蝉舞蹈时的美丽和楚楚动人。大致意思是："红袖轻舞，轻盈的舞步像燕子飞行的身姿，又如一片洁白的云朵一般轻轻飞到了画堂里。微微皱起的黛眉，禁不住让远行的游子思念起家乡，恨不能一步走回家乡的村庄。千金也难买她回头一笑，优美而又自然天成的舞姿何须再浓妆艳抹。舞罢隔帘送着迷人的秋波，让望着她的人都为之陶醉和痴迷，而忘乎所以，沉醉其中，早已忘记襄王有梦、神女无心的故事。"其实，这里的"不知谁是楚襄王"，说的是一个典故。故事出自战国时楚国宋玉的《神女赋》，说的是楚襄王喜欢上了巫山神女，苦苦追求，而神女却无心与他欢会，对楚襄王以礼相待。所以便有了"襄王有梦，神女无心"的典故。

貂蝉已随清风去
当代：王建

说什么郿坞春深，全不晓天意人心。
受禅台反成了断头台，帝王梦何处寻？
远离了富贵繁嚣地，告别了龙争虎斗门。
辜负了锦绣年华，错过了豆蔻青春。
为报答司徒大义深恩，拼舍这如花似玉身。
从今后再不见儿的身影，也再不闻儿的声音。
貂蝉已随着那清风去，化作了一片白云。

这首《貂蝉已随清风去》是当代知名词曲作家王建为电视剧《三国演义》谱写的插曲，把貂蝉悲剧的一生都融入了此曲之中，尤其是这句"辜负了锦绣年华，错过了豆蔻青春"，读来更是让人心生悲伤与怜悯。

董卓死了之后，不管爱与不爱吕布，貂蝉知道自己以后都将与吕布相伴一起。面对当时复杂的社会环境、战乱纷争的年代，一代美人无法掌握自己的爱情与命运，她注定了一生都将是政治的牺牲品。

吕布在白门楼被曹操斩首后，貂蝉的命运便从这里变得扑朔迷离了起来。

正是罗贯中这有意或者无意的忽略，让后人对貂蝉的命运展开了丰富的联想。貂蝉被曹操活捉，这个应该是不争的事实，因为《三国演义》里，描写吕布被曹操在白门楼杀死的一节里，貂蝉就在吕布的身边。所以貂蝉是一定被曹操活捉了。但她被曹操活捉之后又如何了呢？

貂蝉生命中，最重要的一个男人，也就是关系她最后结局的一个男人，在此时登场。

关羽，字云长，河东解良（今山西省运城市）人，东汉末年名将，早期跟随刘备辗转各地，曾被曹操生擒，于白马坡斩杀袁绍大将颜良，与张飞一同被称为"万人敌"。

曹操活捉貂蝉的时候，关羽就在旁边，他是曹操军中的一位重要人物，也是曹操一心想要拉拢来为自己效力的一员猛将。曹操为了能让关羽成为自己帐中的一员大将，便采用了王允的办法，欲以美色诱惑关羽，便把貂蝉送进了关羽所住的帐篷内。

从此，貂蝉便与关羽结下了不解之缘。无论是悲死还是善终，她的命运都完全掌握在了关羽的手中。后人更是对她与关羽之间的爱情，发挥了淋漓尽致的想象。

无论是与董卓、吕布还是关羽，爱情里，貂蝉一直处于被动的状态，他们之间到底有没有爱情也给后人留下了无限想象和猜测的空间。

　　貂蝉，一缕幽怨的香魂，最终没有找到爱情的归宿，自己一生，都被当成了礼物和利用的工具而被送来送去。是自己愿意也好，不愿意也罢，是心生恨意也好，心甘情愿也罢，是惨死也好，善终也罢，她独自守着自己的烟火，独自一个人对月清欢。而她传奇的人生故事，还会被后人一代又一代地讲述下去。

杜康造酒刘伶醉

酒德颂

魏晋时期：刘伶

有大人先生，以天地为一朝，以万期为须臾，日月为扃牖，八荒为庭衢。

行无辙迹，居无室庐，幕天席地，纵意所如。

止则操卮执觚，动则挈榼提壶，唯酒是务，焉知其余？

有贵介公子，搢绅处士，闻吾风声，议其所以。

乃奋袂攘襟，怒目切齿，陈说礼法，是非锋起。

先生于是方捧罂承槽、衔杯漱醪；奋髯踑踞，枕麹藉糟；无思无虑、其乐陶陶。

兀然而醉、豁尔而醒；静听不闻雷霆之声，熟视不睹泰山之形，不觉寒暑之切肌，利欲之感情。

俯观万物，扰扰焉，如江汉之载浮萍；二豪侍侧焉，如蜾蠃之与螟蛉。

刘伶的这篇《酒德颂》可以说是古往今来，所有文人墨客写的赞酒歌中最具有代表意义的一篇了。尤其是他这句"行无辙迹，居无室庐，幕天席地，纵意所如"把他性格里的不羁与对权贵的蔑视更是表达得淋漓尽致。这篇骈文《酒德颂》是刘伶最得意的作品，也是他的代表作，把他的为人、他的性格和他一生与酒为伴不求闻达于诸侯的洒脱个性都一一表达出来。

刘伶（约221-300年），字伯伦，沛国（今安徽省淮北市濉溪县）人，魏晋时期文学家、诗人，"竹林七贤"之一。父亲刘进为汉末三国时代曹操手下大将。传下来的著作有骈文《酒德颂》、五言律诗《北邙客舍》。

只要一提到刘伶，人们就会不由自主地想起酒，想起杜康，想起竹林七贤里那七个性格各异、政治目的不同，却又让情谊保持一生的乱世怪才。他们的名字在中国文学史上占据着重要的一页，他们每个人的故事都是一本经典。

竹林七贤指的分别是嵇康、阮籍、山涛、向秀、刘伶、王戎及阮咸七人。因他们常在竹林之下喝酒、纵歌，肆意酣畅，后人便把他们称为"竹林七贤"。这七人中有思想家、政治家、文学家、诗人和音乐家。

陪侍郎叔游洞庭醉后

唐朝：李白

其一
今日竹林宴，我家贤侍郎。
三杯容小阮，醉后发清狂。

其二
船上齐桡乐，湖心泛月归。
白鸥闲不去，争拂酒筵飞。

其三
刬却君山好，平铺湘水流。
巴陵无限酒，醉杀洞庭秋。

唐朝诗仙李白，一生仕途失意，坐过监狱，被流放过。他所追求的官路总是充满坎坷与荆棘。晚年时，当他来到竹林，似乎看到了竹林七贤醉卧欢谈、把酒推盏的场景，于是以竹林宴为起笔，挥笔而成《陪侍郎叔游洞庭醉后》。

经过了汉朝的鼎盛时期，三国时期的饮食文化又有了很大的发展与进步。这里的竹林宴，指的便是七人相聚时，在竹林里饮酒作乐、写诗吟赋的场景。而竹林七贤之一的刘伶，就是一个擅长喝酒与品酒之人。无论什么样的酒，到他的口中，他立刻能说出此酒的酿造年代、所用原料及水质，还有酒品质量的优劣。

在竹林七贤中，刘伶算是相貌最丑陋的一个人，而且身材矮小。但是他的性情豪迈，胸襟开阔，反应机敏并且悟性特别高。平常不滥与人交往，沉默寡言，对人情世事非常淡薄，只有和阮籍、嵇康很投机，遇上了便有说有笑，谈古论今，自然就在阮籍和嵇康的带领下成为竹林七贤中的一员。

那么生活在黄帝时代的"酿酒始祖"杜康，与三国时期出生的刘伶前后有几千年的时差，他们两个又是怎么扯上关系的呢？为什么会有"杜康造酒刘伶醉"的传说呢？

刘伶本非凡夫子，原是王母一书童。
因酒遭贬归下界，今已罪满回天宫。

——民间流传诗词

"刘伶本就不是人世间的凡夫俗子，他原来是王母娘娘身边的一个书童，因为偷吃蟠桃会的仙酒而被贬到人间，今天他在人间的罪孽已满，应该回到天庭中去了。"下面就是这首诗歌背后的美丽传说。

这一日，在天宫闲来无事的王母娘娘屈指一算，发现被自己打下凡间的书童刘伶已经罪满，到了回仙界的时间。王母娘娘看刘伶在人间满腹才华，并且性情豁达。所以从内心不希望他受病痛的折磨，一想到他一生嗜酒如命，还是因为酒闯祸被打下凡间，那么还是让他以酒终了自己在人间的劫难吧。

于是，王母娘娘便派了杜康下凡，让他在自己的家乡杜康仙庄开了一家酒肆，并在酒肆的门口贴上了一副对联，写的是："猛虎一杯山中醉，蛟龙两盏海底眠。"前来店里饮酒的客人都只饮一杯便会醉倒。

杜康仙庄有仙酒的事情，很快就传到了刘伶的耳朵里。刘伶是个哪里有美酒，哪里就有他身影的人，面对美酒的诱惑，刘伶怎肯错过？于是，刘伶驾上自己的车，一路赶到了杜康仙庄，远远望到了酒肆的招牌迎风飘扬，走近一看，正是人们传说的那副对联"猛虎一杯山中醉，蛟龙两盏海底眠"，并且一股奇异的酒香也随风飘进了刘伶的鼻孔中，刘伶深吸了一口，禁不住赞叹了一声："好香的酒气。"

刘伶的乘坐的车子与别人的车子是不同的，别人都以马拉车，但刘伶乘坐的却是一辆鹿车。他把自己的麋鹿拴到酒肆门口的拴马桩上，便进到店里来，看到只有小二在柜台内，便对小二说道："拿你们店里一坛酒给我吃。"小二便对刘伶说："我们小店只有一坛酒，掌柜吩咐，每个客官只能吃半杯，不能多吃。来小店的，就是酒量大的人，也只敢吃一杯，从来没有客官敢吃我们店里的第二杯酒的。"刘伶一听伙计这样说，便不高兴了："我刘伶有的是钱，怕我欠你账不成？"小二急忙解释说："不是，是因为店里酒太香醇浓烈，如果来的客官吃两杯，轻则大醉数日，重则怕性命难保。"刘伶道："好，太好了，我刘伶从来不知道醉是什么滋味，把整坛酒拿来，我要喝个底朝天，看看你说的是真还是假。"小二怕刘伶喝出事情后，自己无法向掌柜杜康交代，便让刘伶留下笔墨写下保证书，才肯把酒卖与他。这刘伶也不含糊，只见他执起笔在小二给的纸张上写道："刘伶酒如命，倾坛只管饮，设或真醉死，酒家不相干！"下款署名刘伶。

小二便从柜台内把那坛酒抱了出来，刘伶对着酒坛子先是用鼻子闻了闻，一连赞了几声："好，好酒，真是好酒。"然后把酒倒入杯中，一饮而尽。结果刘伶把第一杯倒入口中咽进肚子里，一种奇异的香便在全身弥漫开来，一连咂了几下嘴，品了几品，竟然无法品出此酒是用什么酿造，用的哪里的泉水。但他却感觉这酒真的不是一般的美酒，此酒只应天上有，人间哪能得几回？接着，刘伶把第二杯酒也倒入了口中，想再仔细品味一下。结果，第二杯才刚刚入肚，刘伶便感觉眼睛模糊，意志开始不清楚，他知道小二没有说假话，自己醉了，真的醉了，但一想自己和店家夸下了海口，怎么能不喝呢？于是他又喝下了第三杯。第三杯一入口，刘伶便知大事不妙，如果此时自己再不走，怕真的要长睡在这里，便急忙抱了酒坛放到车上,解开麋鹿,自己醉卧着不省人事了,识途的老鹿拉着刘伶回了家。

回到家中,刘伶的妻子一摸他的胸口,哪里还有呼吸?她是又心疼,又气愤,一气之下,她打开了刘伶放在车子上的那坛美酒便往自己的嘴里倒,结果只一口,自己便也人事不省了。

结果,夫妻双双就这样被家人合葬在了一起。一直到了三年后,杜康来到刘伶的家中,故意对刘伶的家人说自己是刘伶的朋友,三年前他买了自己一坛酒,自己是来收酒钱的。结果刘伶的家人便要把杜康抓进衙门里去。杜康便不紧不慢地说,刘伶夫妻并没有死。刘伶的家人不相信杜康说的话,便把刘伶夫妻又从坟墓里挖了出来,结果一看,他们夫妻果然面容红润,醉卧在棺木里睡得正香。只见杜康轻轻对刘伶唤道:"醒来,我们该回去了。"夫妻二人果然从棺木里飞了出来,然后和杜康一起飞向了天界。

这就是传说的杜康造酒刘伶醉的故事。

北芒客舍

魏晋时期:刘伶

泱漭望舒隐,黮黤玄夜阴。
寒鸡思天曙,振翅吹长音。

> 蚊蚋归丰草，枯叶散萧林。
> 陈醴发悴颜，巴歈畅真心，
> 缊被终不晓，斯叹信难任。
> 何以除斯叹，付之与琴瑟，
> 长笛响中夕，闻此消胸襟。

这首《北芒客舍》是刘伶除《酒德颂》外唯一传世的作品，其大意为："月亮隐在云层里昏暗不明，漆黑的夜晚显得更加阴森。寒夜里的鸡以为天将亮，扇动翅膀发出长长的鸡啼声。那些蚊虫聚集在茂密的草丛中，萧瑟的树林中散落一地枝叶。面对萧索的景色、寂寞的长夜，唯有酒能解心头之愁绪，喝下这陈年的甜酒，脸色也红润了起来，执笔写下这诗行，每字每句都是内心真实的语言。在乱麻破絮的棉被中迟迟等不到天亮，如此悲叹实在让人难以承担，如何才能排遣消除掉满腹的愁怀？唯有抚琴弹瑟，一抒衷肠。"

据推测，这首诗应是刘伶被罢官后，旅经北芒山，借宿在某客舍时所作，全诗表达了作者心情的苦闷和抑郁，流露出浓郁的压抑和忧愁，从一个侧面表达了黑暗的社会现实和作者积极进取的志向之间的矛盾。

在竹林七贤里，还有一位美食家和养生专家，在这里不得不再送给他一笔——嵇康。

酒会诗

魏晋时期：嵇康

乐哉苑中游，周览无穷已。
百卉吐芳华，崇台邈高跱。
林木纷交错，玄池戏鲂鲤。
轻丸毙翔禽，纤纶出鳣鲔。
坐中发美赞，异气同音轨。
临川献清酤，微歌发皓齿。
素琴挥雅操，清声随风起。
斯会岂不乐，恨无东野子。
酒中念幽人，守故弥终始。
但当体七弦，寄心在知己。

这是竹林七贤中嵇康的一首《酒会诗》，此首诗歌以景入情，把竹林七贤相聚时饮酒、对诗、唱歌的美好场景都展现在了读者的眼前。这是一首空灵而又唯美的诗歌，从中可以看到他们深厚的情谊、出众的才情。

竹林七贤经常聚在竹林里品尝美酒与美食，而且他们对茶道文化深有研究，现在七贤民俗村里小吃一条街的当地特色名吃，大多与竹林七贤有关系。

无言谁会凭阑意
——诗意深处的人间烟火

　　他们生活在社会动荡不安的时代，世途艰险，故常以隐逸放达之举逃避不测之祸。虽然他们的隐逸生活是美好的，令世人羡慕不已，但他们也都有自己的无奈和内心的苦闷。我们在这里重温他们畅歌竹林的快意，更要学习他们的洒脱和放达。

吴江水兮鲈正肥

思吴江歌
西晋:张翰

秋风起兮木叶飞,吴江水兮鲈正肥。
三千里兮家未归,恨难禁兮仰天悲。

因为思念家乡的美食,而辞去高官厚禄,然后览尽山水、吃尽天下美食的,古往今来怕只有西晋文学家张翰一人了。

张翰,西晋文学家,字季鹰,吴郡吴县(今江苏省苏州市)人,生卒年不详,葬于芦墟二十九都南役圩,父亲是三国时期吴国大鸿胪张俨,晋惠帝太安元年(302年)官至大司马东曹掾。

据《晋书·张翰传》记载:"翰因见秋风起,乃思吴中菰菜、莼羹、鲈鱼脍,曰:'人生贵得适志,何能羁宦数千里,以要名爵乎？'遂命驾而归。"他想起了往昔的乡居生活与家乡风物，尤其思念起吴中特产，比如味道特别鲜美的莼菜、莼羹、鲈鱼脍，于是大笔一挥，写下了著名的《思吴江歌》，这首诗歌的大致意思是："突然刮起了秋风，树叶与枯草在风中上下飞舞。这悲凉的秋风最容易让人怀念起家乡，怀念起家乡的美食，此时正是吴江水里鲈鱼最肥的季节。自己居住的地方，距离家乡几千里之遥，恨难以完成心愿而仰望着天空生出悲伤心情。"

张翰写这首诗歌的时候，正在洛阳为官，作下此诗后，他便辞官回乡，于是中国的诗歌史中，就多了一个"莼鲈之思"的典故。

那么这"莼羹鲈脍"到底有多好吃，有多美味呢？莼菜是蔬菜的一种，又名蓴菜、马蹄菜、湖菜等，是多年生水生宿根草本。莼菜鲜嫩的叶子本是没有味道的，但如果与鲈鱼片炖在一起，鱼香味融入莼菜的叶子里，其口感便鲜美滑嫩，散发出来的香味更是沁人心脾。

鲈鱼在民间有许多种吃法，有黄豆酱蒸鲈鱼、春笋鲈鱼、清蒸鲈鱼、麒麟鲈鱼、油泼鲈鱼、干烧鲈鱼等，可以说是举不胜举。一直到现在，每当秋天鲈鱼肥的时候，张翰故乡的人们还都会举行鲈鱼宴，一是为了纪念张翰，二是为了一饱口福。每当举行鲈鱼宴的时候，四面八方的游客都闻香而来。

江上渔者

宋朝：范仲淹

江上往来人，但爱鲈鱼美。
君看一叶舟，出没风波里。

"江上有那么多的人来来往往，但他们唯一喜爱的便是鲈鱼的美味。放眼望去吧，打鱼人的一叶扁舟，正在烟波浩渺的江水上自由飘荡。"因为张翰的这首《思吴江歌》，后世许多文学家们对鲈鱼都情有独钟，品着鲈鱼的美味，留下优美的诗词。比如刘禹锡、苏轼、辛弃疾、杨万里、范仲淹等大文学家们，都为鲈鱼留下了珍贵的诗文。尤其是范仲淹的这首《江上渔者》可以说是朗朗上口、老少皆知的作品，更成为少儿读物里的必备作品。

后世有许多诗人和词人在与友人聚首欢宴、把酒离别的时候，都喜欢上了引用"莼羹鲈脍"这个典故，比如宋代的诗词大家范仲淹、梅尧臣、苏轼、王安石等都曾写过以"莼羹鲈脍"为典故的诗歌，而下面叶梦得的这首《应天长》，更是把"莼羹鲈脍"里的景致描写到了极致。

应天长

宋朝：叶梦得

松陵秋已老，正柳岸田家，酒醅初熟。鲈脍莼羹，万里水天相续。扁舟凌浩渺，寄一叶、暮涛吞沃。青箬笠，西塞山前，自翻新曲。

来往未应足。便细雨斜风，有谁拘束。陶写中年，何待更须丝竹。鸱夷千古意，算入手、比来尤速。最好是，千点云峰，半篙澄绿。

读着这样的诗词，一幅如梦似幻的画卷会立刻展现在读者的眼前："岸边酒家里酒刚刚温好，餐桌上飘荡着鲈脍莼羹的清香。秋风渐起，天气渐凉，一望无际的万里江水被风吹得起着波浪。扁舟就在这烟波浩渺里如一片孤叶，飘零在水天一线之际。老翁头戴青色的箬笠，就在西塞山前独自垂钓，并唱着自得其乐的歌谣。来来往往再没有世俗的羁绊，在细雨斜风里，谁还能拘束我的自由呢？此时，如听到陶渊明的世外桃源里，传来阵阵丝竹悦耳的声音。这也正是合了范蠡一生所追求的生活意境，远离尘世与战争的纷扰，自由生活在山水田园中。最美好的事情是看千点云峰涌起，望舟桨拨开两岸的绿意。"

这美真的是入了景、入了情、入了心，真的是应了清朝著名诗人王士祯的这首《题秋江独钓图》："一蓑一笠一扁舟，一丈丝纶一寸钩。一曲高歌一樽酒，一人独钓一江秋。"而那个独钓寒江的渔者的背影，何尝不是张翰的背影呢？钓鱼乎？钓风景乎？其实此时钓的为何物不是最重要的，独钓一江秋的淡然雅趣造就了此美妙意境，人之一生，若能如此，其乐亦无穷了。

恨不得让自己穿越过时光的隧道，在斜风细雨里，踏着这诗词里的平平仄仄，与他们举杯共饮，举箸共品鲈脍宴。

试想，那时张翰辞官回到故乡，游历在山水之间，食着肥美的鲈鱼，执笔写着人间最美的诗行，从此，优美与浪漫的人生便一路伴他前行，这是怎样的洒脱人生？

其实，张翰本就是一个随心、随性、放荡不羁之人。他头脑里的想法是不会被现实与世俗所左右的，只要是自己想做的事情，他都会立刻行动起来。他的性格像极了魏晋时放荡不羁的"竹林七贤"之一的阮籍，他从内心对名利非常淡泊，尤其是东吴被灭之后，早已看不习惯政权的黑暗与对无辜之人的滥杀，以他直爽的性格，既然不能为伍，那就只能隐退江湖。因为阮籍曾经担任过步兵校尉，世称"阮步兵"，所以当时的世人就送张翰一个美称——"江东步兵"。

人的祸福，往往就在一念之间，求得多，失去得也多，不求，反倒应该来的都来了。张翰也是如此，正是因为他对名利的淡泊，急流勇退的精神，反倒救了他一条性命。在张翰辞官后不久，许多达官贵人因为八王之乱的牵连，被打入大牢，有些人还丢了性命。而此时隐退的张翰却在山水之中，赏着人间大好风景，品着一道道人间美味，与一段段情谊相遇着。

杂诗

张翰

暮春和气应，白日照园林。
青条若总翠，黄花如散金。
嘉卉亮有观，顾此难久耽。
延颈无良涂，顿足托幽深。
荣与壮俱去，贱与老相寻。
欢乐不照颜，惨怆发讴吟。
讴吟何嗟及，古人可慰心。

从张翰的这首《杂诗》里，其实是可以看得出他内心的忧伤的，他只是生不逢时，所以只好把满怀爱国的抱负收了起来，将自己的情感给予山水与美食罢了。"青条若总翠，黄花如散金"成为千古名句，唐代诗仙李白在自己的作品《金陵送张十一再游东吴》中有"张翰黄花句，风流五百年"

之誉。

回到家的张翰以开酒肆为营生,一边开着酒肆,一边照顾着自己年迈多病的母亲。因为他性格过于直爽与不羁,他的母亲颇为他的为人所担心。但张翰是一个性情中人,那些对他不屑的人,他也对他们不屑,那些与他交往的人,他都以坦诚之心对待。在家乡开酒肆的时候,他更是亲自下厨,研制出来了多种鲈鱼的做法,可以说让当地的乡亲享尽了口福。因此,他的鲈鱼宴在当时颇具盛名。

张翰和李白所说的"黄花",又名金针菜,属百合科萱草属多年生草本植物,根近肉质,中下部常有纺锤状膨大。花葶长短不一,花梗较短,花多朵,花被淡黄色,有时在花蕾顶端带黑紫色;蒴果钝三棱状椭圆形,花果期5-9月。其性味甘凉,有止血、消炎、清热、利湿等功效,含有丰富的营养成分。

魏晋时期,黄花菜已经是人们餐桌上常见的一道菜,它的吃法众多,口感爽滑而又细腻。在民间就有一道非常美味的菜品,名字叫木耳黄花菜炖鲈鱼。这道菜相传是张翰为自己的母亲烧制而成的。

回到故乡的张翰在吴江岸边,开起了自己的酒肆,酒肆的招牌菜便是"炖鲈鱼"。张翰母亲因为连年的劳累,身体非常虚弱,对生冷热寒的食物总是无法吃下。张翰便用上等的木耳、干黄花菜在水里泡开洗净后,加入盐拌匀,再将一条肥美而又鲜嫩的鲈鱼刮鳞、过刀片一下，鱼身抹上薄盐，然后在蒸盘上铺上一半拌好的木耳黄花菜，再放上鱼，最后把剩下的木耳、黄花菜铺到鱼身上开始蒸鱼。等水开后，再蒸大约一刻钟的时间，鱼出锅，倒掉盘里的汤汁，再放上葱段和芫荽，然后热油浇上。一道鲜美的木耳黄花鲈鱼菜就此成功。

当张翰把这道菜端到母亲面前时，老人胃口大开，喜爱至极。从此，张翰只要有时间，便会变着花样为母亲下厨做饭。母亲的身体在张翰精心照顾下，竟然越来越健康，一直活到八十多岁才离开人世。

张翰以他潇洒的生活方式在漫长的历史长河中留下一朵美丽的浪花，但无论怎么写他的故事，他的"莼鲈之思"的典故与他的"鲈鱼宴"都是最为浓墨重彩的一笔。

把酒问花花点头

无题

宋朝:济公

五月西湖凉似秋,新荷叶蕊暗香浮。
明年花落人何在?把酒问花花点头。

读着这飘逸而又散发着淡淡清香、淡淡忧伤和透着无限禅意的句子,一幅精致而又美妙的画卷便展现在眼前:"正是春末夏初之时,五月的西湖如秋天一般凉爽,那些荷花刚刚发出新芽,似有暗香在水底浮动。今年花开我与你共饮,明年花落的时候,人将会在哪里呢?举起酒杯我问花儿,花儿也只是点头不语。"济公的一生都是洒脱的,难得看到他诗词里会有忧伤和对尘世留恋的句子,但从这首诗歌里,我们可以看到一代名僧济公内心里对这个尘世的留恋与多情。

济公（约 1150—1209 年），南宋高僧，俗姓李，原名李心远，字湖隐，号方圆叟。浙江省天台县永宁村人，18 岁在临安（今浙江省杭州市）灵隐寺出家，师从该寺住持佛海瞎堂法师，法号道济，后移住净慈寺，后人尊称为活佛济公。

一写到济公，便会有一首千家万户都知晓的歌儿在脑海中呈现而出："鞋儿破，帽儿破，身上的袈裟破。笑我疯，笑我颠，酒肉穿肠过。"一个看似疯癫、衣帽破烂的和尚形象便会生动地出现在世人们的眼前。人们爱他、拜他，把他看作活佛在世，把他的形象雕刻在庙宇、佛殿之上用香火敬着。

从外表看，这位号为"方圆叟"的穷和尚，破帽破扇破鞋垢衲衣，似丐似氓，非僧非道，实际上却是著名的瞎堂慧远禅师的弟子，禅宗杨岐派第六世得道高僧。他用自己的医学悬壶济世，他用自己的诗词写尽佛语里的禅机和人情世故的炎凉，他用自己的正义铲平天下不平之事，他用自己的肠胃品尽人间美食。他知前生，知来世，知生死。他在一夜之间让自己形象大变，性情大变，从一个文雅和尚，变得疯癫而又痴狂。在民间，他就是活佛，就是正义之神的化身，他遗落在民间的传说数不胜数。

临江仙

宋朝：济公

粥去饭来何日了？都缘皮袋难医。这般躯壳好无知，入喉才到腹，转眼又还饥。

唯有衲僧浑不管，且须慢饮三杯。冬来犹挂夏天衣，虽然形丑陋，心孔未尝迷。

既然济公是一个酒肉穿肠过的活佛，那么我们就从他的诗词里，寻找一道道人间的美味佳肴吧。

如果粗略读济公的这首《临江仙》，并不能读出什么深意，不就是一日三餐要吃吗？说的不就是人是铁，饭是钢，一顿不吃饿得慌吗？可如果我们仔细读来，再认真琢磨，会突然发现这诗词里面充满禅机："整日不是喝粥便是吃饭，都是因为这皮囊（这里指人身肉体）难以医治。这躯壳好无知，饭菜才刚刚倒入腹中不久，转眼肚子又叫饿。只有我这个衲僧浑然不管这尘世的饮食与饥饿，望着尘世中匆匆的过客，暂且慢慢饮三杯酒再说。冬天来了，还依然穿着夏天的衣服，虽然外形丑陋破败，但心眼却还没有被这尘世繁华所迷惑。"越读，我们便越感觉这诗词真的是字字玄妙、句句禅机。整个红尘都被济公看破，无论有多少金银财宝，吃的还不是这一粥一饭，喝的还不是这一杯浊酒，穿的还不是这一身衣裳？争来抢去，争得再多，抢得再多，当呼吸完人间最后一口气的时候，你带走的除了自己的皮囊、躯壳，还能再带走什么呢？

宋朝鼎盛时期，经济发展非常迅速，所以宋朝的饮食文化也是空前昌盛、花样百出，饭类食品、菜类食品和汤类食品都分门别类了起来。济公在这里所说的粥归于汤类食品，喝了粥还要吃像饼类一样的食品作为主食。饼类食品，作为宋朝百姓家日常的食品，是餐桌上不可或缺的主食。宋朝的饼并不像现在仅指经过烧烤加工而成的一种圆形食品。凡是用面粉做成的食品，都叫饼。烤制而成的叫烧饼，水瀹而成的称为汤饼，在笼中蒸成的馒头叫蒸饼。《水浒传》中的武大郎在街头叫卖时所喊的"炊饼"，指的就是馒头。

济公虽为佛门弟子，但他一生不戒荤腥，经常是酒肉穿肠过，别人曾问他："你一个佛门弟子，为什么不守佛门戒律？"济公便作了一首四言诗道：

佛祖留下诗一首，我人修心他修口。
他人修口不修心，唯我修心不修口。

此首诗歌通俗易懂，却又玄妙无比，看似济公在为自己为什么吃肉喝酒找理由，其实却是对世间人情冷漠、人心叵测的挖苦："我吃肉喝酒，是佛祖允许的事情，他给我写一首诗说我可以只修心，不用修口。他人只会修口不修心，只有我修心不用修口。"短短一首七言绝句，济公一连用了六个"修"字，把佛理的玄机尽融入其中。不由得让人生出无限的想象，这世间，有多少人吃着斋，念着佛，却又做着佛法不容的事情。而济公却在酒肉穿肠过的同时，做着一件又一件善事，修着一桩又一桩圆满的功德。

在民间还有这样一个传说，有人问济公："你一个和尚，不守佛门规矩，不戒佛门清律，你吃那些鸡鸭的时候，它们愿意让你吃吗？"济公便笑指着在湖里游泳和在岸边吃草的鸡鸭说道："你们愿意让我吃的就跟我来，愿意让他吃的就跟他走。"一边说一边摇着自己的破蒲扇向前走，结果奇迹真的出现了，那些鸡鸭纷纷追随在济公的后面跟着他向前走，没有一只鸡鸭站到那人的身边去。此时问济公话的人才恍然大悟，这济公就是活佛，非凡尘中人。

说起济公吃肉的故事，在无锡，只要一提到济公，人们自然就会想到一道名菜——无锡肉骨头。

相传，这一日在无锡城里来了一个衣衫褴褛、手执破蒲扇的和尚。人们看着他穷困潦倒疯疯癫癫的样子，闻到他身上发出的臭味，都捂着鼻子避之不及。但人们却不知道，这和尚不是别人，就是活佛济公。济公看到世人对他的态度，却不以为然，对于世俗里人生百态，他早就见怪不怪。他摇着扇子,独自逍遥地走在无锡的大街小巷里。突然被一陈飘来的香味所吸引,济公一边吸着鼻子,一边寻香而来。原来这香味是从一家肉铺里飘荡出来的,而且这是一家才刚刚开业的肉铺,这肉才刚刚炖好,准备出锅招待客人了。

济公不管三七二十一,往这家肉铺的门槛上一坐,伸腿舒服地倚在门框上,然后一边扇着自己的破蒲扇,一边对店老板说:"老板,向你化个吉利钱如何?"这老板也是个老实人,如实回答说:"小店本小利薄,今天才刚刚开业,没有钱给师傅,送您一块肉吃如何?"济公连连点头答应。

老板本想济公吃了一块肉后,能从门槛上起来,这样才能让顾客进入店里,可济公吃了老板给的一块肉后,还是不肯让路,并说:"这肉真是好吃,老板再来一块怎样?"结果,忠厚的老板便又给了济公一块肉吃。这济公看老板忠厚老实,索性吃了这块要那块,一会儿的工夫一锅肉让他吃得全剩骨头了。老板苦不堪言,对济公说:"师傅,你把肉都吃完了,我怎么做生意啊?"济公不慌不忙地说道:"肉吃完了,你就卖骨头吧。"一边说,一边从破蒲扇上拉下几根蒲茎,交给老板:"把这几根蒲茎放在肉骨头锅里一起炖,我吃的肉,日后会加倍还给你的。"

这老板是一个信佛之人,知道这和尚一定非等闲之辈,便按济公的说法,在锅里放进骨头和蒲茎一起炖,锅中肉骨头果然异香扑鼻,整个无锡古城都能闻到肉骨头的香气。客人们纷纷闻香而来，争相购买店家的肉骨头吃，结果这店家的生意兴旺无比。因此，这家肉铺便开始经营起肉骨头生意来。后来，此法传遍民间，便形成了现在无锡的著名美食特产——肉骨头。

醉傲

济公

醉傲风颠卒未休，杖头明月冠南州。
转身移步谁能解，雪履芦花十二楼。

这看似疯疯癫癫的句子，实则充满脱离尘世的超然与对佛法的坚定追求。"我在一个观景楼上喝醉了，楼上风有点大，且没有要停下来的意思。我感到有点不胜酒力，于是伏在杖上休息一下。从手杖往天上看去，今晚的月亮是最亮的。风景看完了，我要继续赶路，谁知道我是为什么呢？踩着雪，我走下了芦花荡中的十二层高楼。"济公活佛问世千年来，他的名字与他的形象已经深入世人心中，从大人到小孩，没有人不知道济公活佛的。只要提到济公活佛，人们自然就会想到他相貌邋遢、破衣布衫、手拿蒲扇疯癫痴狂的样子。

济公的这首《醉傲》里，真的有他尘世的影子。在他没有入佛门时生活是否幸福，后来又为何入了佛门，谁又能理解与明白呢？

其实济公的俗家名字叫李心远，他算是名门之后，其家景殷实，生活富足。济公的父亲是一个吃斋念佛之人，心地善良。只是到了济公这一代，他们李家的人丁不旺，济公的父母在人到中年时才得一子，并为这个儿子取名叫李心远。李心远从小便聪明好学、相貌英俊，有着与常人不一样的慧根。

> 其色美，珍珠琥珀；其味醇，琼浆玉液。问相如，曲蘖最亲；论朋友，糟邱莫逆。一上唇，五脏欣随；未到口，涎流三尺。只思量他人请，解我之馋；并未曾我做主，还人之席。倒于街，卧于巷，似失僧规；醉了醒，醒了醉，全亏佛力。贵王侯，要我超度生灵，莫不筛出来，任我口腹贪饕；大和尚，要我开题缘簿，莫不沽将来，任我杯盘狼藉。醺醺然，酣酣然，果然醉了一生；昏昏然，沉沉然，何尝醒了半日。借此通笑骂之禅，赖斯混风颠之迹。
>
> ——节选自济公《酒怀》

济公不仅是一个普度众生的活佛，更是一个美食家，他一生吃尽人间美味，品尽人间美酒，更是从自己的诗词里，以美味佳肴为铺垫，写尽人间的悲欢离合、世态炎凉。这段《酒怀》里的句子，前面写的便是自己沉溺在酒肉里的逍遥与自在，后面写的便是世人的痴癫与疯狂："它的颜色美丽，像珍珠、琥珀；它的味道甘醇，像琼浆玉液。如果问司马相如，他会回答这世间只有酒是他的最爱。论真正的朋友，还要算粮食为莫逆。这酒一沾上嘴唇便让五脏都欢欣起来；还没有到口中，便让人流涎三尺了。我只想着别人请我吃饭喝酒，解我心头之馋，哪里想到过自己做东家，还别人的人情呢？我常常醉倒在街巷之中，看起来确是破了僧规；这样醒了醉、醉了醒，多亏有佛法保佑。帮王孙贵族超度生灵，他们会满足我口腹之餐；大和尚让我拿着缘簿去化缘，我却将满桌酒席吃了一个杯盘狼藉。半梦半醒之间，在繁华尘世间醉生梦死过了一生。混沌迷惑中，哪里有半日的清醒。我就是这样了悟这个世间嬉笑怒骂中的禅意，于是以疯疯癫癫的形象混迹于世。"是啊，这尘世何尝不是一场繁华的人间欢宴？欢宴里，世人买醉痴笑，只留下身后的杯盘狼藉。活佛济公对这个尘世看得明明白白、清清楚楚，正因为看得明白和清楚，所以才装疯卖痴在人间。

其实，济公的师父瞎堂慧远法师早就看出济公非泛泛之辈，穷其一生所学佛法传授给了济公。当僧寺里的和尚说济公疯癫并喝酒吃肉时，慧远师父却这样对众僧侣说："佛门之大，岂不容一癫僧？"故济公活佛又有另一美称"济癫"。

慧远法师在圆寂之前，便想到自己离世后济公定会得到众僧的排挤，所以便修书一封，介绍济公到了灵隐寺。

辞世偈言

济公

六十年来狼藉，东壁打倒西壁。
于今收拾归去，依然水连天碧。

这是济公去世前一年时到一老友家喝酒时作的诗词。当时受过济公救济的老友拿出上等的酒肉来招待济公。济公便给他留诗一首。当时老友并没有感觉这首诗歌与他平时的诗歌有什么不同，只是收起来好好保存了下来。可是一年后，当听说济公圆寂的消息，这个老友再读济公的这首诗歌，才知道这里的玄机。从这首诗词里，我们看到一个得道高僧胸襟的开阔、淡然和从容，生死在他的内心只是一步之遥，没有悲痛离别之苦，似乎一切都是因果注定，一切都已在凡尘里看透。济公诗词的禅释和隽永，是他透悟整个尘世的淡定与从容。

这一生中，济公用一壶浊酒，喝下尘世的是是非非，用善良超度着万物生灵。

织就湘帘护美人

笋竹二首
清朝：郑板桥

其一
江南鲜笋趁鲥鱼，烂煮春风三月初。
分付厨人休研尽，清光留此照摊书。

其二
笋菜沿江二月新，家家厨房剥春筠。
此身愿辟千丝篾，织就湘帘护美人。

读着这样的诗行，人们禁不住便有要流口水的感觉，你瞧吧："笋是江南的雨后刚刚冒来的新笋，只那新鲜与娇嫩，望一眼便让人口舌生津了。用这样新鲜的竹笋炖鲥鱼汤，轻柔的春风把香味一阵阵吹开,似要让整个三月都充满这香味。吩咐厨房里的厨人们不要把这春笋都砍尽了,留着它们长高之后可以让清光照在摊开的书上。"

第二首描写笋竹的小诗,更是活泼、俏皮,用拟人化的写作手法,把笋竹的用处呈现在了读者的眼前:"那些雨后的春笋,沿着江岸,在二月里发出新芽,家家厨房里都有刚刚采来的新鲜笋菜。我愿意把我的身体化成千条万条的竹篾,织成竹帘保护美人。"读着这样的诗行,翠竹那挺拔的身姿出现在眼前。

郑板桥(1693—1765年),原名郑燮,字克柔,号理庵,又号板桥,人称板桥先生,江苏兴化人,祖籍苏州。应科举为康熙秀才,雍正十年举人,乾隆元年(1736)进士。官河南范县、山东潍县县令,有政声"以岁饥为民请赈,忤大吏,遂乞病归"。

郑板桥笔下的这个鲥鱼,与河豚、刀鱼齐名,素称"长江三鲜"。一般的做法有清蒸、红烧、清炖、烘烤四种。

古时候的美食家们,只要做鲥鱼,大多数都离不开竹笋,无论是清蒸也好,红烧也罢,竹笋往往是鲥鱼的最佳佐料。在北宋的政治家、文学家王琪的一首《望江南》里,同样写出了"青杏黄梅朱阁上,鲥鱼苦笋玉盘中"的佳句。

望江南

宋朝：王琪

江南酒，何处味偏浓。醉卧春风深巷里，晓寻香旆小桥东。竹叶满金钟。

檀板醉，人面粉生红。青杏黄梅朱阁上，鲥鱼苦笋玉盘中。酩酊任愁攻。

读着这样的诗词，我们不免从内心羡慕古人们面对生活的积极态度和他们信手拈来的诗词。那些诗词都带着灵气和活力，读来总是让人心生陶醉。如果再加上人间美味，只望一眼这诗行，心便会醉在其中了："江南的酒，在什么地方味道较浓郁呢？醉卧在吹满春风的深巷里，在太阳破晓之时循着美食的香味来到了小桥的东边。只见青杏、黄梅挂满枝头，伸展在朱阁之上，玉盘里的竹笋烧鲥鱼散发出浓郁的香味。面对这样的情、这样的景，酩酊大醉中，愁绪挂满了心房。"吃着美食，喝着美酒，写着充满小资情调的诗歌，人生惬意莫过于此了吧？

"聪明难，糊涂难，由聪明而转入糊涂更难。放一着，退一步，当下心安，非图后来福报也"，是郑板桥为人处世的准则。因为他的诗、书、画在当时名噪一时，后人便送他"三绝奇才"之美称。但他行事怪癖,达官显贵厚金求字,板桥不与,贫老百姓身无分文,板桥却能慷慨相赠,在扬州传为美谈,所以后人又称他为"扬州八怪"之首。

咏雪

郑板桥

一片二片三四片,五六七八九十片。
千片万片无数片,飞入芦花总不见。

有人相传这首数字诗是郑板桥所作,我们姑且信之。读着郑板桥的这首《咏雪》,人们眼前便呈现出这样一幅场景:漫天大雪随风飞舞,一个留着山羊胡,气质非凡的老人身披斗笠踏雪寻梅。这个气质非凡的老人便是郑板桥,因为看到如此美好的雪景,想到梅花一定盛开了,便产生了踏雪寻梅的诗兴雅致。

郑板桥走过城南的一座小桥,眼前呈现出了一个梦幻一般的世界,一树又一树的蜡梅在枝头开得正艳。梅花红得可爱,雪花白得纯洁,千万片雪花飞舞在千万朵梅花之中。忽然,风儿送来一股奇异的肉香味,这肉香味在风中萦绕弥久不散。郑板桥一闻是狗肉的香味,这可正对了他的心思,且这狗肉的味道非比寻常,香得动人心魄,让人必先食之而后快。郑板桥爱吃狗肉,这是世人皆知的事情。在如此美景之中,闻到自己最爱的美味,郑板桥的脚便情不自禁地循香而来。

在梅花林的深处,郑板桥果然看到一户人家,这肉香就是从这座精致的院子里飘荡出来的。再看这户人家门口的匾额上竟然题着"别有洞天"四个大字。郑板桥知道自己遇到世外高人,便吩咐书童道:"我欲结识其家主人,你去通报,就说郑板桥来访。"说罢转身在桥边等候。

不一会儿的工夫,书童拿着一张纸条回来了:"先生,那家主人说久仰您的大名,但不知您是真是假,出了一个上联让您应对。"

郑板桥一听书童这样说,一下便来了兴致,接过上联,略一沉吟,笔走龙蛇,对出下联,然后放入书童手中。片刻后,只见大门洞开,院落的主人走了出来,原来此处住的不是别人,正是腰弓背弯的一代名相刘罗锅——刘墉。刘墉走到板桥面前一抱拳:"板桥先生,在下石庵,请里面叙话。"

板桥大吃一惊,没有想到自己会在此遇到刘墉,连忙回礼,与刘墉携手入室。石庵就是刘墉的号,那时的刘墉之所以居住在扬州,是因为得罪了权臣和珅,被乾隆爷贬到扬州看城门。刘墉不仅是一位政治家,也是琴棋书画样样精通的文人。刘墉被贬扬州后宠辱不惊,雅好书画,早想结识怪杰郑板桥。

今天上天作合，让两个大才子在此相识，他们自然是杯盏相推、不醉不归了。火锅焖狗肉是刘墉最拿手的一道菜，今天自己焖的狗肉恰好引来知己郑板桥。两个人酒到酣处，郑板桥见刘墉家客厅门上有副对联，上联写"别有风味，雪煮狗肉成上品"，郑板桥立刻取笔写出下联："洞天佳肴，梅花佐酒大不同"。从此后，两人结为知己，常有往来。

西江月

郑板桥

微雨晓风初歇，纱窗旭日才温。绣帏香梦半蒙腾，窗外鹦哥未醒。

蟹眼茶声静悄，虾须帘影轻明。梅花老去杏花匀，夜夜胭脂怯冷。

郑板桥这首《西江月》的意境是优美的，里面充满对美好爱情和美好生活的向往，把一个女子美好的容颜都一一融入诗行之中："毛毛细雨在晨风中渐渐停下，太阳的第一缕光芒透过纱窗落入室内。绣帏里的少女还在半睡半醒之中，窗台上那只鹦哥还没有睡醒。蟹眼茶在红泥小炉里煮得正好，虾须帘影里隐隐透着光亮。梅花才刚刚败去，杏花就在春天里绽放开来，那些胭脂最怕在夜色里冷场。"古往今来，都是美女爱才子，郑板桥的爱情，依然如此。这首《西江月》便是郑板桥与妻子五姑娘初识时的定情诗篇。

郑板桥一生有三段婚姻，第一段婚姻是幸福的，可惜妻子因病去世，第二段婚姻里，因为郑板桥的贫穷，夫妻之间充满了争吵，不久妻子离他而去，而郑板桥的第三段婚姻却被世人传为佳话。

郑板桥在三岁的时候，母亲就不幸离开人世，郑板桥在自己的《七歌》中写道："我生三岁我母无，叮咛难割襁中孤。登床索乳抱母卧，不知母殁还相呼。"小小的郑板桥不知道母亲已经离世，竟然还爬到床上，想吃母乳，可无论自己怎么呼喊母亲，她却没有再回应。这样的诗行，让人禁不住要潸然泪下了。

郑板桥在任范县县令之前一直穷困潦倒，再加上两段婚姻的失败，他的人生处在最失意的时候，依靠卖自己的字画为生。这日，他路过一家院落，看这家人门上的对联是自己出的对子，郑板桥便慕名到访。这家人只有母女两人居住，当郑板桥报上自己名字的时候，母亲吃惊不小，急忙把自己的小女儿叫出来迎见郑板桥。

原来这个母亲一生共五个女儿，四个女儿皆已成家，只有小女儿还在，没有许配人家，人们都喜欢叫她聪明、漂亮的小女儿为五姑娘。这五姑娘从小就喜欢郑板桥的诗词书画，只要看到郑板桥的诗词书画都要不惜代价地收藏起来。逢年过节，她都会精心临摹郑板桥的对联张贴到自己家的门框上。

母亲下厨给郑板桥做饭，郑板桥和五姑娘似有相见恨晚的遗憾，两个人越聊越投机。郑板桥无法抑制对五姑娘的爱慕之情，提笔便为五姑娘写下了《西江月》一首，把自己的心事明白无误地传达给了五姑娘。五姑娘更是从内心惊喜不已，感觉真的是天赐良缘。母亲以郑板桥刚刚写下的诗为信物，给两个人订下了婚约，郑板桥许诺等明年赴京城考试完毕就回来迎娶五姑娘。

郑板桥走后，五姑娘与母亲的生活捉襟见肘，就这样度过了一年的光阴。由于上门前来求婚的人家络绎不绝，母亲看郑板桥一直没有消息，便有把五姑娘另嫁他人的打算，但五姑娘誓死不从。这时候，江西蓼州人程羽宸，过真州江上的茶楼，看到有一副对联写道："山光扑面因朝雨，江水回头为晚潮。"旁边写着板桥郑燮题，程羽宸很惊讶，问这是谁写的。茶楼主人说："你到扬州去问，没有人不知道的。"于是来到扬州，听说了五姑娘与郑板桥爱情的美谈，便拿出五百两银子替郑板桥做聘礼送给了五姑娘，以解她们母女生活之困苦。第二年，郑板桥回扬州，程羽宸再以五百两银相赠，以为其娶五姑娘之用，成就了一段美好姻缘。从此夫妻两个相携相伴，不离不弃，一直恩爱到白头。

予告归里，画竹别潍县绅士民

郑板桥

乌纱掷去不为官，囊橐萧萧两袖寒。
写取一枝清瘦竹，秋风江上作渔竿。

这是郑板桥在潍县（今山东省潍坊市）任县令时，因为赈灾而得罪当地的权贵被罢官时作的一首诗歌："情愿自己抛去乌纱不做官，空空的衣兜里装着两袖的清风也要为民请愿。回到故乡，过自己的写意人生，画一枝清竹，伴着秋风在江上当作鱼竿，独钓一份清闲时光。"

一直到今天，潍坊人记住的不仅是郑板桥爱民如子的故事，还有他留给潍坊的一道美食——朝天锅宴。一直到今天，潍坊人大多还用这道特色美食作为招待客人和招揽生意的品牌大餐。

相传，郑板桥在潍坊任上的几年里，这里连遇自然灾害，先是海水倒灌，庄稼不收，后来一年又遇大旱，旱过了次年又成大涝。潍坊本来是一个富饶的地方，一下变得民不聊生、饿殍无数，百姓苦不堪言。眼看又要到一年的新春，郑板桥来到集市上想看看人们的生活状态，结果不看不要紧，一看更是心疼不已。一些百姓穿着破烂的衣服吃着干冷的馒头在集市上做生意。郑板桥看他们在寒风里一个个冻得瑟瑟发抖，不禁从内心生出怜悯之情。

郑板桥便命手下人在集市上架起了一口大锅，为路人煮菜热饭，锅内煮着鸡肉、猪肚、肉丸子、豆腐干等各色肉品。汤沸肉烂，香味便飘满整个集市之上。那些赶集做买卖的都围锅而坐，由掌锅师傅舀上热汤，加点香菜和酱油，锅边并备有薄面饼，随意取用。因为这个锅没有盖子，久而久之，人们便称之为"朝天锅"。人们吃着朝天锅的饭菜，喝着里面的热汤，从内心对他们的父母官郑板桥感激不已。

郑板桥是爱民的，他在潍坊为官七年，处处为百姓着想，触动了当地富豪和官绅们的利益，最终被罢官回家。据说，郑板桥离开潍坊时，当地百姓排成十里长队相送，而郑板桥只用了三头驴子就把全家和家产驮回了老家扬州。这三头驴子，一头自己骑，一头驮自己的书，一头家人骑。就这样，郑板桥脱离了官场，从此在扬州卖画写诗为生，与妻子五姑娘览尽人间山水，写尽人间诗意，画尽人间美景。

而他留在潍坊的美食朝天锅，经过几百年岁月的沉淀，现在已经是山东潍坊一带的汉族名吃，属鲁菜系，经过不断改进于1997年分别被中国烹饪协会、山东省贸易厅认定为"中华名小吃"、"山东名小吃"。2013年，朝天锅制作技艺入选山东省级非物质文化遗产名录。

回到故乡的郑板桥依然以卖画为生，他眷恋并热爱着自己的家乡,热爱家乡风景的美丽、物产的富饶。他的《燕京杂诗》便是他对家乡热爱的见证:"偶因烦热便思家,千里江南道路赊。门外绿杨三十顷,西风吹满白莲花。"而他在潍坊做官的时候,因为梦里想念家乡,想念家乡的美食,而写下了《思归行》:"臣家江淮间,虾螺鱼藕乡……去去好藏拙,满湖莼菜香。"

郑板桥辞官返乡后,他的字画技艺达到了炉火纯青的地步,他再不是之前的落魄书生,而成为诗书画的大家,他的写画几乎到了千金难求的地步。他本就是一个懂得欣赏美食的人,因此留下大量诗词赞美家乡的美食。例如《寄松风上人》云:"笋脯油茶新麦饭,几时猿鹤来同餐。"这首诗歌赞美的是兴化水乡园蔬的风味。《由兴化迂曲至高邮域名七截句》云:"一塘蒲过一塘莲,荇叶菱丝满稻田。最是江南秋八月,鸡头米赛蚌珠圆。"这首诗歌赞美的是莲藕和芡实的美味。

在最美的风景里,郑板桥与爱妻五姑娘品尝着人间美味,诗意地栖居在人间烟火的深处,这种美醉了心、醉了眼、醉了人生。

第三章
指尖捻云烟：红泥小炉上的爱情滋味

于极美的诗词里爱着极美的你
与极美的你相守、相恋和相知
共赏人间明月，共煮人间美食
岁月在我们身边迈着细碎的脚步
我们就并肩走在幸福的身后
挽裙漫步花轻笑，临窗娟娟细竹柳

蛾眉憔悴没胡沙

王昭君二首
唐朝：李白

其一

汉家秦地月，流影照明妃。
一上玉关道，天涯去不归。
汉月还从东海出，明妃西嫁无来日。
燕支长寒雪作花，蛾眉憔悴没胡沙。
生乏黄金枉图画，死留青冢使人嗟。

其二

昭君拂玉鞍，上马啼红颊。
今日汉宫人，明朝胡地妾。

唐朝诗仙李白的这两首《王昭君》为"相和歌辞"。相和歌是中国汉代在"街陌谣讴"基础上继承先秦楚声等传统而形成的一种音乐。这两首诗词写的主要是中国古代四大美女之一王昭君嫁到匈奴后再没有了回来之日的忧伤故事。字里行间写满了一个女子的无奈与对故土的思念。尤其是这句"蛾眉憔悴没胡沙"更是让人读得心生悲伤与忧思之情。

王昭君（前52—19年），名嫱，字昭君，南郡秭归（今湖北省宜昌市兴山县）人，西汉元帝时和亲宫女，中国古代四大美女之一。

王昭君是一个为追求爱情而远走天涯的美人，她的爱情花在人世间一直盛开得绚丽而又盛大。来到边塞的她，被两个匈奴单于深深地爱着，眷恋着。他们为她烹饪人间美食，为她写尽人世繁华。而王昭君这个心里怀着大爱的美人，更是把汉朝文化传遍了匈奴国的角角落落，促进了当地农业与手工业的发展。

昭君初到匈奴时，无法适应当地的饮食，呼韩邪单于便用重金请来会做中原菜的厨师，给王昭君做可口的饭菜。在民间有道美食，名字叫"昭君鸭"。相传这道美食，就是呼韩邪单于和厨师共同研制而出的，也是王昭君最爱吃的美食之一。

匈奴人大多以游牧业为主，饮食大多是食肉及奶酪。王昭君每每望着这样的食物，不要说吃了，就是闻到味道也总是轻皱眉头。呼韩邪单于望着昭君日渐消瘦的身体，看在眼里，急在心里。这个外表粗犷、内心细腻的汉子，怎么能让自己的爱妻受一点委屈呢？他便张贴出告示，用重金聘请来懂汉朝楚地饮食习惯的厨师，做王昭君的御厨。

这厨师果然出手不凡，他把一只嫩鸭洗净，准备好香菇、粉条、油面筋（生麸和成的面团，用油炸后，便叫"油面筋"）、青菜最嫩的菜心及其他美食配料等。先把鸭身抹匀黄酒，粉条用开水泡软，菜心的根部削成橄榄形，生姜刮皮、拍松，胡椒拍碎，油面筋揉好，制成条，然后在炒锅中加油，烧至七成热，放入肥鸭，炸至深黄色时捞出，接下来把鸭放入清水锅内煮熟，捞出后用清水洗去血污，放入砂锅内，加骨汤、姜块、盐、黄酒、胡椒，改小火炖约一个半时辰，至鸭肉酥烂不脱骨时，加入香菇、油面筋继续焖半刻钟，最后再加入粉条炖，放入余热的菜心后，即成一道美食。

菜还没有端到王昭君的面前，菜香味便早就钻入了她的鼻孔，王昭君对这道菜是大加赞赏，喜爱不已，呼韩邪单于望着王昭君快乐的吃相，幸福便也充满了他的胸膛。这道菜因为王昭君而扬名，所以后人便称这道美食为"昭君鸭"。一直到今天，山西、甘肃等地的人们还非常喜欢做这道菜来招待客人。

在今天传遍大江南北的地方特色小吃陕西凉皮，怕我们每个人都吃过吧？其实这陕西凉皮，也叫昭君皮儿，这种食物制作出来后，白里透着亮光，薄如蝉翼，辅以黄瓜、豆芽等青菜，再根据自己的口味用香辣佐料调制而成，尤其是夏天，这道菜吃了更是让人感觉清凉而又爽口。这道菜也是王昭君最爱的食品之一。据传，帮王昭君做饭的厨师受呼韩邪单于的嘱托，一门心思就研究对王昭君胃口的美食。同时，这厨师年少时就生活在中原，对汉朝的饮食文化素有研究。一次，厨师把面团放在水中分离成面筋和淀粉，将面筋切成薄片、淀粉制成面条，并以辣椒、香醋等调料搭配，给昭君呈上。昭君尝后十分喜欢，后来的人就将此物称为"昭君皮子"。因昭君是"娘娘"，百姓们又称此物为"娘皮"，大家口口相传，后来被误叫成了"酿皮"而在民间流行。因为这道菜品简单易作，味道可口，逐渐成为西北地区有名的美食，由于这种小吃最适合在夏天食用，又是凉拌食品，所以现代人又喜欢称它为"凉皮"，就这样"凉皮"的名字就在民间流传开来。

如今，凉皮早已深入寻常百姓家，因其爽口顺滑的口感、不轻不重的辣度，被人们奉为夏日必备的清凉小吃。

五更哀怨曲

汉朝：王昭君

一更天，最心伤，爹娘爱我如珍宝，在家和乐世难寻；

如今样样有，珍珠绮罗新，羊羔美酒享不尽，忆起家园泪满襟。

二更里，细思量，忍抛亲思三千里，爹娘年迈靠何人？宫中无音讯，日夜想昭君，朝思暮想心不定，只望进京见朝廷。

三更里，夜半天。黄昏月夜苦忧煎，帐底孤单不成眠；相思情无已，薄命断姻缘，春夏秋冬人虚度，痴心一片亦堪怜。

四更里，苦难当，凄凄惨惨泪汪汪，妾身命苦人断肠；可恨毛延寿，画笔欺君王，未蒙召幸作凤凰，冷落宫中受凄凉。

五更里，梦难成，深宫内院冷清清，良宵一夜虚抛掷，父母空想女，女亦倍思亲，命里如此可奈何，自叹人生皆有定。

在汉宫时，王昭君一直受到冷落；在匈奴时，她远大理想与报复虽然得以实现，但她无时无刻不在思念着故土，思念着亲人。其实，她的这种思念与政治无关，只是一个远嫁外地的女子对父母和亲人的思念，比如她留传后世的这首《五更哀怨曲》体现更多的就是一个小女子的孤单与对亲人的思念之情。

"一更天最是让人心伤，我想起了在家时爹娘视我如珍宝一般地爱着，守在他们身边虽然日子清苦，但生活却是那么幸福快乐。虽然如今什么都有，金银珠宝、锦衣玉食、香茶美酒，但想起家园还是禁不住流下泪两行。二更天到了，回忆充满心房。当初狠心来到离开父母几千里的地方，爹娘身体渐老，他们如今能依靠谁来伺候？他们得不到宫中的任何音讯，日夜想着昭君，因为思念太多而心神不定，只希望能来到京城见女儿一面……"王昭君从一更天一直写到五更天，把一个漫漫长夜都写满了对父母的思恋。

　　孤月对着迷蝶，清酒里倒映着花容月貌的绝世美丽容颜，此情此景怎么能不让远行的女子内心充满相思的忧伤，怎能不让她对着故乡的方向低吟浅唱出百般惆怅、万般心伤？有多少相思泪，便有多少相思曲；有多少悲欢离合，便有多少相思泪成行。读着这样的诗行，人们才明白王昭君一去千万里，想再回转却成梦一场的无奈和哀怨。王昭君在她的《五更哀怨曲》里，写出了她对父母的思念，对身世的哀怨，那么痴心、痴情地向往着美好生活，可在汉宫里却要虚度美好青春年华了。多少苦谁知道，多少泪谁知道？

　　《世说新语》里用这样一段话来说明王昭君出汉宫的故事："汉元帝宫人既多，乃令画工图之，欲有呼者，辄披图召之。其中常者，皆行货赂。王明君姿容甚丽，志不苟求，工遂毁为其状。后匈奴来和，求美女于汉帝，帝以明君充行。既召见而惜之。但名字已去，不欲中改，于是遂行。"晋朝，为避晋太祖司马昭的讳，改称明君，史称"明妃"。汉元帝后宫里的宫女众多，许多宫女可能一生都无法见到皇帝一眼便让自己的青春在皇宫内消逝殆尽。后宫里有这样多的美女，汉元帝自然就无法一一顾及，便让画师把美女们的模样画出来，他相中谁，就召见谁。

王昭君在进入汉宫之后，远嫁匈奴之前，她的生活没有任何幸福可言。讲起王昭君在汉宫里的经历，还要从她的出生与美貌说起。

王昭君的父亲王穰老来得女，欢喜不已。可喜的是王昭君天生丽质、貌美如花，真的是应了那句"一顾倾人城，再顾倾人国"的诗句。更让王穰感觉惊喜的是自己的女儿还蕙质兰心、聪明过人，琴棋书画样样精通，诗词歌赋看一眼便过目不忘。她的美貌更是被人们用一句歌词传颂着，"娥眉绝世不可寻，能使花羞在上林"。昭君的绝世才貌，顺着香溪水传遍南郡，传至京城。很快，王昭君以良家女的身份被选进汉宫。

生性直爽的王昭君，一进入皇宫，便感觉到了一入豪门身不由己的痛苦。因为自己家庭经济情况的限制，再加上自己以美貌和才气而自傲，自然就不肯用钱贿赂画师毛延寿。毛延寿在帮她画像时，便故意画得极为丑陋。从此，可怜的王昭君连皇帝长什么样都没有见到，便被打入冷宫，再无天日可见。如果日子就这样一直继续下去，王昭君的一生，怕也将要和皇宫里其他被冷落的宫女一样，一直到终老，再无出头之日了，更没有她以后人生的传奇故事可言。可这个时候改变王昭君命运的机会来了，这个机会也是让她名留青史的机会。

公元前 33 年，北方匈奴首领呼韩邪单于主动来汉朝，对汉称臣，并请求和亲，以结永久之好。汉元帝自然是不会愿意让自己的亲生女儿远嫁到三千里之外的匈奴之地的，那些达官贵人同样不愿意让自己的爱女嫁那么远去受罪。汉元帝便想到从后宫众多宫女中选出一个来认作自己的干女儿，然后去和亲。许多后宫里的宫女们都跃跃欲试，但一听说要远嫁到匈奴，就一个个都却步了，此时的王昭君找到了让自己脱离汉宫的机会，主动要求去和亲。

汉元帝一听说有宫女愿意和亲，大喜。当即就召见王昭君。当王昭君美若天仙一般站到汉元帝面前时，两个人便注定了此生只能是擦肩而过。望着王昭君的美貌，汉元帝大惊，不知后宫竟有如此美貌之人。虽然汉元帝一心想把王昭君再留到身边，可君子一言，驷马难追，只好眼睁睁望着王昭君踏上了去匈奴的道路。

汉元帝赏赐给昭君锦帛二万八千匹，絮一万六千斤及无数的黄金、美玉等贵重物品，并亲自送出长安十余里。此时，正是秋风起、大雁南飞之时。王昭君坐在马背上，望着苍茫的秋景，离别的愁绪涌上心头，纤指轻拨，弹起了琵琶。结果那些南飞的大雁听到这哀婉的歌声，看到马背上绝世美貌的女子，一只只竟忘记了飞翔，都纷纷落了下来。从此，王昭君有了"落雁之美"。

咏怀古迹
唐朝：杜甫

群山万壑赴荆门，生长明妃尚有村。
一去紫台连朔漠，独留青冢向黄昏。
画图省识春风面，环佩空归月夜魂。
千载琵琶作胡语，分明怨恨曲中论。

在古代诗人们写王昭君的诗词里，找不到一首描写她婚姻生活是否幸福的句子，像杜甫的这首《咏怀古迹》，写的依然是昭君远嫁匈奴时的忧伤与对中原的思念。或许诗人本身就是多愁善感的吧，他们看到的是王昭君孤身一人远嫁他乡的落寞与忧伤，却并没有看到她爱情里的幸福。

王昭君的美貌、才气让呼韩邪单于同样对她一见钟情，他做梦都不会想到汉帝能把如此美貌的公主许配给自己做妻子。所以王昭君一入匈奴王室，便被封为"宁胡阏氏"，相当于我们汉室皇后的地位。王昭君与呼韩邪单于夫妻两人恩爱有加。

呼韩邪单于对自己的好，王昭君自然是看在眼里，感动在心里。两个人夫唱妇随。王昭君不忘自己的使命,在当地种桑喂蚕,亲手教匈奴人纺线织布,帮他们发展农业和手工业,短短的时间里,便把汉族文化传遍了匈奴国。

可惜两个人相守的幸福时光太短。仅仅过了短短的三年,呼韩邪单于便带着对王昭君的爱因病离开了人世。

明妃曲

宋朝:王安石

一

明妃初出汉宫时,泪湿春风鬓脚垂。
低徊顾影无颜色,尚得君王不自持。
归来却怪丹青手,入眼平生未曾有。
意态由来画不成,当时枉杀毛延寿。
一去心知更不归,可怜着尽汉宫衣。
寄声欲问塞南事,只有年年鸿雁飞。
家人万里传消息,好在毡城莫相忆。
君不见咫尺长门闭阿娇,人生失意无南北。

二

明妃初嫁与胡儿,毡车百辆皆胡姬。
含情欲说独无处,传与琵琶心自知。

黄金杆拨春风手，弹看飞鸿劝胡酒。
汉宫侍女暗垂泪，沙上行人却回首。
汉恩自浅胡自深，人生乐在相知心。
可怜青冢已芜没，尚有哀弦留至今。

王安石吟咏王昭君的这首《明妃曲》，可以说打破了古代许多诗词大家的思维方式，从最理智、最理性的角度说明了王昭君出塞的重大意义和重大贡献。她的出塞无论是从个人角度，还是从国家角度来说，都是利远远大于弊。

王昭君应该是一个随遇而安的人。虽然她自己的诗词里时时会有无限忧伤，但那只代表自己一时的心情，并不能代表自己一生的幸福与否。呼韩邪单于死后，按照匈奴"父死，妻其后母"的风俗，王昭君又嫁给呼韩邪的长子复株累单于雕陶莫皋。此时，只有二十几岁的王昭君正是风华正茂、青春焕发的年龄，她的美貌、端庄与大气，同样让雕陶莫皋心动不已，因此，雕陶莫皋更是对王昭君宠爱有加。夫妻两人生活同样恩爱。王昭君的生命已经完全融入幸福之中，她受到匈奴人的爱戴与尊重，她的婚姻美满而又幸福。

只可惜真的是应了"自古红颜多薄命"这句俗语，王昭君嫁给雕陶莫皋只十一年，雕陶莫皋便也离开了人世。美满的婚姻生活，一下从天堂跌入地狱。心爱人的离世，让王昭君悲苦不已，再加上对中原父母的日夜思念，不久，郁郁寡欢的王昭君写下了自己人生最后的绝笔——"高山峨峨，河水泱泱。父兮母兮，道里悠长。呜呼哀哉，忧心恻伤。"历史就这样结束了她传奇的一生，让她离开了这个她热爱而又眷恋的人世间。

  匈奴人对她一直是爱戴的，离世后的王昭君被厚葬于今呼和浩特市南郊，墓依大青山，傍黄河水，后人称之为"青冢"。

金谷园中见百花

金谷园

唐朝：杜牧

繁华事散逐香尘，流水无情草自春。
日暮东风怨啼鸟，落花犹似堕楼人。

"所有的繁华都在岁月追逐着的落花流水中散去，只留下巨大的落寞与空寂。无情的流水从没有在岁月里回首，只顾一路向东奔去。但春天却在一场又一场谢幕里轮回着，那些青青河边草总会在每一个春天里恢复生机和美丽。夕阳西下，东风满怀着对悲鸣的归鸟的怨恨，那些翻飞的落花像极了那个一跃而成为永恒的美人。"唐朝大诗人杜牧笔下的这个金谷园坐落在哪里？在金谷园翻飞的落花里，在这短短的四行诗、二十八个字里，又是谁纵身一跃，成就一段凄美的故事？这个凄美的故事到底是怎样的呢？

让我们穿越历史的长河，来到晋武帝泰始年间边陲白州的双角山下，轻轻开启一幅绝美的画面：一缕缕的月光透过斑驳的树叶洒落在青青草原上，花儿的芬芳里停留着蝶儿的美梦，点点篝火照映着绿珠姑娘绝世美貌的容颜。只见她凝脂一般的肌肤被篝火照映得越发红润、美丽与动人，一举手一投足间都透着优雅、端庄与妩媚。这个绿珠姑娘不是别人，正是西晋时有名的大富豪石崇的爱妾。

篝火上一只烤羊散发着羊肉特有的香味，而绿珠正在把那些刚刚从鼎里煮熟的绿豆皮滤去，然后把绿豆心精心捣碎，和成团状，将麦芽糖拌入后，把绿豆馅包进糯米面擀成的面皮里，再放入一个做成梅花状的模子里。一个个精美的糕点就这样在绿珠的手中生成，然后绿珠又把这些糕点抹上植物油，在鼎里用文火烧烤，一股股奇异的香味便被清凉的风吹散开来。

这种糕点如今被称为绿豆糕。在广西壮族自治区博白县一带，一直到现在人们还喜欢把这种糕点叫绿珠糕，因为绿珠是第一个制作这种糕点的人。

这香味飘啊飘，就飘荡进了此时正在双角山的盘龙洞畔休息的一群人的鼻子里。只见那领头之人穿一身华美的锦衣，身材修长而又挺拔，棱角分明的脸庞上闪着一双骄傲而又充满智慧的眼睛。此人不是别人，正是晋朝首富石崇。

说起这石崇，在晋朝可是有着鼎鼎大名的。他既是晋朝的文学家，也是晋朝的首富。他是一个善于观察时政之人，有自己独特的钻营手段。他在荆州任职的时候，大肆发挥自己敛财之能事，利用自己的特权，劫掠往来富商。很快，他的家中金银如山、珍宝无数，到了富可敌国的程度。石崇成为巨富之后，便来到了现在洛阳城郊金谷渊中，耗费巨资构筑亭台楼阁，栽种奇花异草，养鱼种荷，并为自己的豪宅取名为"金谷园"，又名梓泽。要说这金谷园到底有多豪华，只要读过《红楼梦》的人，一定都读过曹雪芹对大观园建筑描写的片断，而这金谷园比起大观园有过之而无不及。真的是应了曹雪芹描写大观园的诗句："山水横拖千里外，楼台高起五云中。园修日月光辉里，景夺文章造化功。"

作为晋朝的首富，作为一个美食家，石崇怎么能禁得住这样美味的诱惑？他循着香味便走了过来，然后听到有悦耳的竹笛声从远处传来，而这竹笛声与香味传来的地方是同一个方向，石崇循香而行，很快，他的眼前便出现了一幅如梦如幻的风景。

只见一群少男、少女们围坐在篝火旁边，一边品尝着美食，一边欣赏着几个女子的翩翩舞姿。而那个身着一身绿纱的女子的舞姿在众舞者中最为优美和飘逸。当石崇再望到那女子娇艳无比的容貌时，整个人便如被电击了一般立在了原地。

第三章 指尖捻云烟：红泥小炉上的爱情滋味

此时有一个热情少年看到了石崇，便拿了绿珠刚刚做的糕点来让石崇品尝。他一边把糕点送到石崇的手中，一边对石崇说："您一定是远道来的客人吧，尝尝绿珠姐姐做的糕点吧。"石崇便把糕点放进了自己的口中，立刻感觉一股柔香沁入心脾。他便问给他糕点的少年道："哪个是你的绿珠姐姐？"那少年便指着舞蹈中着绿纱女子说："那就是我的绿珠姐姐。"

此时，舞罢歌毕，石崇便走向前问绿珠道："你还会什么技艺？"那个吹笛人便把自己手里的笛子送到了绿珠的手里，原来聪明的绿珠不仅善美食、善歌舞，她的笛子吹得更是到了出神入化的地步。她最擅长的便是《明君》。石崇让她吹奏此曲。没有想到这绿珠自己竟然还会编唱新曲，她对着石崇轻唱道："我本良家女，将适单于庭。辞别未及终，前驱已抗旌。仆御涕流离，猿马悲且鸣。哀郁伤五内，涕泣沾珠缨。行行日已远，遂造匈奴城。延我于穹庐，加我阏氏名。殊类非所安，虽贵非所荣。父子见凌辱，对之惭且惊。杀身良不易，默默以苟生。苟生亦何聊，积思常愤盈。愿假飞鸿翼，乘之以遐征。飞鸿不我顾，伫立以屏营。昔为匣中玉，今为粪土尘。朝华不足欢，甘与秋草屏。传语后世人，远嫁难为情。"

贫穷人家的女儿，如果生有倾国倾城之容颜，那就注定了她对自己的命运无法掌控，这石崇一生阅美女无数，但唯独对绿珠情有独钟，望到她的第一眼，便再也无法把她从心里抹去。他下了决心，无论用多少金钱，也要把绿珠买过来陪伴自己。

因为绿珠家乡的人特别看重珠子，以珠为上宝，绿珠的名字便由此而来。而绿珠的家庭在当地并不富有，此时她的母亲病重，急需一笔钱财治病。石崇便用十斛珍珠作为聘礼，把绿珠纳为自己的妾，并把与她一起共舞的姐妹全买入自己的府中，组建成了新的歌舞队，绿珠任领队。

石崇对绿珠是极为用心的，他把绿珠安置到自己的金谷园后，还给绿珠又建了梳妆楼。

赠枣腆诗

西晋：石崇

久官无成绩，栖迟于徐方。
寂寂守空城，悠悠思故乡。
恂恂二三贤，身远屈龙光。
携手沂泗间，遂登舞雩堂。
文藻譬春华，谈话犹兰芳。
消忧以觞醴，娱耳以名娼。
博弈逞妙思，弓矢威边疆。

这石崇的的确确也是一个有才之人，因为年代久远和战乱，他留在世上的作品并不多，但他这首《赠枣腆诗》写的忧伤中带着华丽的美，读来让人心生美感。尤其是这首诗词的结尾，更是精美与绝妙。

他与当时的晋朝大文学家左思和晋朝第一美男子、大文学家潘安等二十四人组建了诗社，为诗社命名为"金谷二十四友"。一直到今天，在民间都还流传着这样一句"才比子建、貌比潘安、富比石崇"的俗语。

他们每次相聚的时候，石崇总是把绿珠叫出来，为他们的酒席助兴，绿珠也尽自己所能讨好着石崇和石崇的朋友们，不是吹笛就是舞蹈，还常常把这些才子们当场作的诗谱成曲，即兴演唱出来。众诗人被绿珠的美貌、聪明和灵气所折服，纷纷写诗赞美她，从此绿珠的美名便在民间广为流传开来，绿珠之美名便闻于天下。

这石崇恃财自傲是出了名的，他与皇帝的舅舅王恺比富斗富的故事，一直到现在都被人们津津乐道着。

《世说新语》载："石崇每要客燕集，常令美人行酒，客饮酒不尽者，使黄门交斩美人。王丞相与大将军尝共诣崇。丞相素不能饮，辄自勉强，至于沉醉。每至大将军，固不饮，以观其变。已斩三人，颜色如故，尚不肯饮。丞相让之，大将军曰，'自杀伊家人，何预卿事！'"从这里，我们便可以看清这石崇的性格之残忍，他凭借自己的财大气粗，把别人的生命当成儿戏。

　　这王恺的财富也不是一般人家能比得上的，而且还常常得到外甥晋武帝的资助，但仍敌不过石崇。据《世说新语》记载，石崇和王恺常比阔斗富。王恺家中洗锅子用糖水，石崇就命令自家厨房用蜡烛当柴烧。王恺为了炫耀，又在他家门前的大路西旁，夹道四十里，用紫丝编成屏障。石崇用更贵重的彩缎铺设了五十里屏障。晋武帝把宫里收藏的一株两尺多高的珊瑚树赐给王恺，王恺拿来给石崇看，石崇看后拿铁如意把它敲碎了，并当即叫下人把家中更高的珊瑚树全都拿出来，赔给王恺。

　　石崇本就是一个爱炫耀的人，他得到了绿珠这样一个美人，又怎么能不用心炫耀呢？绿珠的美貌很快传入赵王司马伦宠臣孙秀的耳朵里，孙秀一听说人间竟然有如此美貌的女子，自然心动不已。孙秀便要求石崇把绿珠赠予他为妾。

　　再怎么说这石崇也是从官场里摸爬滚打出来的人，作为堂堂一男子汉，晋朝首富如果连自己的女人都保护不了，自己还能有什么用处？当孙秀派人前来领绿珠的时候，石崇把自己身边数十位婢妾一字排开让她们站到来人面前，而唯独没有绿珠。那些婢妾们都是满身兰麝的芳香，披戴绫罗细纱。石崇对来人说："从中挑选吧！"来人说道："君侯这些婢妾美丽倒是美丽，然而我本是受命来要绿珠的，不知哪个是？"石崇勃然发怒说："绿珠是我的爱妾，你们是得不到的。"

孙秀索要绿珠无果，恼怒之下，劝司马伦杀石崇。

石崇知道司马伦和孙秀欲对自己不利，便与黄门侍郎潘岳暗地劝淮南王司马允、齐王司马冏谋划杀司马伦与孙秀。孙秀觉察了这些事，就假称惠帝诏命逮捕石崇与潘岳等人。

此时的绿珠和石崇正在金谷园的亭榭里对饮浅斟，当甲士到了门前，石崇对绿珠说："今天我为了你而惹祸。"绿珠哭道："妾当效死君前，不令贼人得逞！"说完轻轻一跃，自投于楼下而死。一代美人就这样香消玉殒了。

绿珠篇

唐朝：乔知之

石家金谷重新声，明珠十斛买娉婷。
此日可怜君自许，此时可喜得人情。
君家闺阁不曾难，常将歌舞借人看。
义气雄豪非分理，骄矜势力横相干。
辞君去君终不忍，徒劳掩袂伤铅粉。
百年离别在高楼，一旦红颜为君尽。

在古代不知道有多少美人，因为自己绝世的容貌而成为那些权贵相争的对象，她们无法追求自己的未来，无法把握自己的爱情与幸福。唐朝吏部左司郎中、诗人乔知之的爱妾孙窈娘身上也发生了与绿珠同样的故事。孙窈娘从小在乔知之家里长大，与乔知之心灵相通、惺惺相惜。

当时，因为孙窈娘的美貌与多才多艺，在民间流传着这样一句话"乔家艳婢，美慧无双"，武则天的侄子武承嗣看中了孙窈娘。孙窈娘被迫来到了武府，乔知之想到自己与孙窈娘的恩爱，想到自己竟然连深爱的女人都无法保护，就有感而发，写下了流传后世的《绿珠篇》。当孙窈娘听到这首诗歌的时候，一下明白了乔知之诗词里的意思，就这样，孙窈娘也学着绿珠的样子跳井自尽。乔知之也被武承嗣杀害。

繁花与落叶在历史的长河里翻飞，许多故事在岁月的长河里开启，许多故事又在岁月的长河里落幕。有些故事，我们姑且一笑置之。不管是石崇的敛财斗富还是绿珠的以死殉节都不足效仿。

临窗娟娟细竹柳

拟青青河畔草

南朝：鲍令晖

袅袅临窗竹，蔼蔼垂门桐。
灼灼青轩女，泠泠高台中。
明志逸秋霜，玉颜艳春红。
人生谁不别，恨君早从戎。
鸣弦惭夜月，绀黛羞春风。

"临窗有娟娟细竹，轻轻摇曳；迎门有高大的梧桐，遮起一片浓浓的绿荫。就在这一片清雅幽静的氛围中，一个年华正盛的深闺少妇步履端庄地登上轩榭的高台，眺望远方心爱的人。这女子对心爱人忠贞的爱情超过这秋霜的高洁，她美丽的容颜更胜过春天艳丽的百花。茫茫人生路谁能没有分别，恨只恨心爱的人这么早就参军而去。夜色渐浓，听我琴弦轻拨的只有冷冷月色，欣赏我这妆容的只有吹起我罗衫的春风。"

读着这样的诗行，解着这样的诗句，一个在月色下独品香茗、独自饮唱、独弹琵琶、愁肠结满幽怨的美貌女子，就这样呈现在了我们的眼前。

鲍令晖生活在公元420年前后，南朝女文学家，也是南朝宋、齐两代唯一留下著作的女文学家，东海人（今山东省临沂市郯城县），是著名文学家鲍照之妹，其出身贫寒，但能诗文。曾有《香茗赋集》传世，今已散佚。另留传下来《拟青青河畔草》《客从远方来》《古意赠今人》《代葛沙门妻郭小玉诗》等作品。

读过她的故事后，你会发现这个集美貌和才气于一身的女子和自己的距离如此之近，她的爱情故事，一直到现在都在我们身边流传着；她制作的美食，我们可以随时品尝到；她创造的品香茗的方法，我们这里茶社里的人，都还在沿用着。

让指尖随着月光前行，随月光透过窗，斜斜地照在地面上，轩窗前的桌子上放着一杯还冒着热气的香茗，阵阵清香传遍室内的每个角落。坐在六弦琴前那个绝世美貌的女子用纤指轻抚琴弦，琴弦上滴落上一粒又一粒相思的种子。这种子一落地便会生出根，发出芽，长成缠绵着爱情的藤蔓。藤

第三章 指尖捻云烟：红泥小炉上的爱情滋味

蔓里生长着长相思的诗句，字里行间都写着一个女子的孤单与悲苦。

鲍令晖和她的哥哥鲍照，从小便热爱文学，可因为家境贫寒，兄妹两人虽然对知识充满渴望，但却无法像富人家的孩子那样请来老师教授知识。不过这难不倒哥哥鲍照，白天他和父母在富人家的茶园里干活，晚上他就借着月光苦心研读。当他看到妹妹那双求知若渴的眼睛时，鲍照心里明白，妹妹与自己一样，也是一个对文字有着特殊灵感与爱好之人，于是便和妹妹一起学习。

都说穷人家的孩子早当家，鲍令晖从小就把家里所有家务承担了下来，父母和哥哥劳作回到家，她早已做好可口的饭菜，冲上一壶香醇的清茶等待家人。聪明的鲍令晖研究出了一套自己的茶艺之道，那些普通的茶叶，到了她的手里，也像是被她的聪慧沾染了一般，生出了灵气。

史料中关于鲍令晖的生平记载文字非常少。然而，后人对这个才貌双全的女子却充满好奇，尤其是她的感情经历。我们不妨从她的诗作中还原其丈夫的风采，并暂且为其冠名为许鸿吧。

此时一件意想不到的事情更是改变了鲍令晖和鲍照的命运。茶园主人夫妻本是信佛行善之人，他们老来得子，对儿子许鸿宠爱有加，更是竭尽全力想让儿子成为栋梁之材。许鸿和鲍照同岁，比鲍令晖大三岁，平时他们三个就在一起玩。

许鸿和鲍照在一起，最喜欢喝的就是鲍令晖泡出的茶，和鲍令晖平时讨论的就是茶道。现在茶园主人请来私塾先生教许鸿读书，鲍照自然就成了陪读。这对鲍照来说，无疑是一件让他兴奋不已的事情。

那几年是鲍令晖、鲍照和许鸿过得最为幸福的日子。在许鸿的影响下，鲍令晖的茶艺越发精湛，对美食也颇有研究，对文字的敏感更是不在哥哥鲍照与许鸿之下。据钟嵘《诗品》载，鲍照走向仕途后，有一次曾对孝武帝刘骏说："臣妹才自亚于左棻，臣才不及太冲尔。"左棻是西晋著名文学家左思（字太冲）的妹妹，也是才情相当了得的女子，在当时文学界的名气非常大。可见鲍照对自己妹妹才气有多么赞赏。

　　掩沙涨，被草渚，浴雨排风，吹涝弄翩。
　　夕景欲沈，晓雾将合。孤鹤寒啸，游鸿远吟。
　　樵苏一叹，舟子再泣。诚足悲忧，不可说也。
　　风吹雷飚，夜戒前路。下弦内外，望达所届。
　　寒暑难适，汝专自慎。夙夜戒护，勿我为念。
　　恐欲知之，聊书所睹。临涂草蹙，辞意不周。
　　　　　　　　　　——节选自鲍照《登大雷岸与妹书》

随着年龄的增长，鲍令晖的相貌越发美丽，许鸿和鲍令晖的心里各自生出了别样的情愫。

一天，鲍令晖在厨房精心制作美食，只见她把那些刚刚掰下来的新鲜、娇嫩的玉米一粒粒洗净、滤干后，在玉米上面撒上面粉，让面粉裹匀每一粒玉米，又把两个生鸡蛋打进这些玉米面粉里搅匀后，把这些鲜嫩的玉米粒倒进油里炸至金黄出锅，一个个玉米粒散发着浓郁的清香。捏起一粒放进嘴里，是外脆内酥。鲍令晖做得仔细而又认真，哥哥鲍照什么时候进来的，鲍令晖竟然都不知道。当她端起这些玉米粒要出门的时候，差一点和哥哥撞一个满怀，鲍令晖红着脸对哥哥说："你知道，人吓人要吓死人的，什么时候进来，竟然不和人家说话。"哥哥鲍照便开玩笑对妹妹道："你心里眼里只有那人，哪里还看得到哥哥的存在？"一句话说得鲍令晖的脸更红了。从中可见鲍照对自己这个妹妹的爱护之情有多么深厚。所以后来鲍照走向仕途后，总是会思念自己这个妹妹，更是从内心担忧着她的生活状况。自从走上仕途与妹妹分别后，鲍照专门为妹妹写下了《登大雷岸与妹书》。在此书里，不仅有对妹妹的思念之情，还有着对妹妹才气与人品的赞赏。

在那些快乐的日子里，总是天遂人愿。不久，鲍令晖和许鸿成婚了，青梅竹马的两个人终于结成恩爱夫妻。在爱情的滋润下，鲍令晖的灵感如泉涌一般，完成了流传后世的杰作《香茗赋集》。《小名录》记载说："鲍照，字明远。妹字令晖，有才思，亚于明远。著《香茗赋集》，行于世。"可见鲍令晖的这本《香茗赋集》，在当时是多么被世人推崇与喜爱，那些名门闺秀们更是喜欢仿照鲍令晖《香茗赋集》里对茶艺、茶道的描写方法来烹茶煮斋。

想象着这样的《香茗赋集》，想象着鲍令晖与许鸿之间恩爱、美满的夫妻生活，眼前不由得总是会浮现出一幅无限美好的画面：月光朦胧，风儿让花香弥漫在整个夜空，轩窗上倒映着一对恩爱的身影，那美貌的女子执笔写书，那体贴的男儿端茶送水。两个人时而为一个词语的用法而争执得面红耳赤，时而又相拥一起开怀大笑。这笑声让在夜色里鸣唱的虫儿叫得更欢，让睡在花瓣下的蝶儿扇动了一下翅膀。大约因为有太多的幸福和爱情的滋润，鲍令晖的诗作"往往崭绝清巧"，一问世，便受到世人的追捧与喜爱。

可惜由于年代久远，由于鲍令晖生活的年代就是战乱纷争的年代，这本散发着浓郁茶香味道的作品集，这本集鲍令晖一生情思的诗赋最终逸落民间，再没有办法找回。

拟客从远方来

南朝：鲍令晖

客从远方来，赠我漆鸣琴。
木有相思文，弦有别离音。
终身执此调，岁寒不改心。

愿作阳春曲，宫商长相寻。

鲍令晖与许鸿的爱情是美满的，是恩爱的，可惜这幸福的时光，却被无情的战争所掠夺。战乱中，许鸿被迫服役，双方父母在战乱中双双离开人间，家产也被乱兵抢得干干净净。从此，鲍令晖的文字里多了忧伤、多了思念、多了孤单与悲苦。

这首《拟客从远方来》写在鲍令晖与许鸿刚刚离别不久之时，思念鲍令晖的许鸿让回家的老乡带回自己赠给爱侣的六弦琴一把。鲍令晖睹物思人，写下了这首《拟客从远方来》。诗词里最后这句"愿作阳春曲，宫商长相寻"成为千古名句，被后世许多才子佳人所引用，才子佳人们更是从这句话里展开丰富的想象，创作和改编成小说、话本、戏剧。

可是随着战争越来越激烈，许鸿很快便在前线没有了消息。鲍令晖从小就身体柔弱，怎么能经受得住父母的离世、爱人的遥无消息，很快便一病不起。

代苦热行

鲍照

赤阪横西阻，火山赫南威。
身热头且痛，鸟堕魂来归。

汤泉发云潭,焦烟起石圻。
日月有恒昏,雨露未尝晞。
丹蛇逾百尺,玄蜂盈十围。
含沙射流影,吹蛊病行晖。
瘴气昼熏体,菌露夜沾衣。
饥猿莫下食,晨禽不敢飞。
毒泾尚多死,度泸宁具腓。
生躯蹈死地,昌志登祸机。
戈船荣既薄,伏波赏亦微。
爵轻君尚惜,士重安可希。

　　鲍照和妹妹鲍令晖从小就生活在社会的最底层,对民众的苦,鲍照是深有体会。想到战场上士兵们被轻易夺去的生命,再想到自己妹夫的杳无音信、妹妹的身体柔弱,顿觉这人生之路处处充满迷茫与坎坷,在回家看望妹妹的时候,便作了这首《代苦热行》的诗篇。尤其是这句"丹蛇逾百尺,玄蜂盈十围。含沙射流影,吹蛊病行晖",表达出了自己对前线战士们的同情之心和不忍心与病重中的妹妹分离的痛苦。但此时的鲍照也是居无定所,更不能带着病重的妹妹到处奔波,这只能加重她的病情。在鲍照离开鲍令晖的时候,鲍令晖把自己写给许鸿的诗词送给了哥哥鲍照,希望有一日这些相思句能让许鸿亲自读到。

鲍令晖最终没有等到与心爱之人团聚的日子，怀着对亲人的思念永远离开了人世。鲍照也没有完成妹妹的遗愿，不久在战乱中被乱兵杀死。有着绝世才华的两兄妹，就这样永远闭上了眼睛，带着对美好生活的向往，带着对人间烟火的眷恋。

蒸藜炊黍饷东菑

积雨辋川庄作
唐朝：王维

积雨空林烟火迟，蒸藜炊黍饷东菑。
漠漠水田飞白鹭，阴阴夏木啭黄鹂。
山中习静观朝槿，松下清斋折露葵。
野老与人争席罢，海鸥何事更相疑。

"空林里积满雨水，似乎只要轻轻用手一捏，便可以把潮湿的空气再捏出雨滴来，几缕从烟囱里冒出的炊烟缓慢升起。农家小院里飘出蒸藜与黍米的清香，农妇将饭菜准备好送到东边地里。阡陌相交的水田里，白鹭翩然飞舞；繁茂幽暗的大树上，黄鹂婉转轻啼。辋川山野凉风习习，我安静地坐在那棵青松之下，喝着清茶，食着刚刚摘来的绿葵做成的斋饭。

山野老人早已经与世无争，那些飞翔的鸥鹭还会凭什么事再来对我猜疑？"唐朝大诗人王维，用唯美的写作手法，把自己的辋川山庄画成了一幅诗中画，写成了一首画中诗。

王维（约701—761），中国唐代诗人、画家，字摩诘。祖籍太原府祁县（今山西祁县东南），后随父徙家蒲州（治所在今山西永济西）。官终尚书右丞，世称"王右丞"。王维不但有卓越的文学才能，而且是出色的画家，还擅长音乐。北宋文学家苏轼曾评论说："味摩诘之诗，诗中有画；观摩诘之画，画中有诗。"王维晚年归隐蓝田辋川，在这一时期的诗作和画作均有较多留传于后世。正是王维的一些画作成就了后世的一个伟大厨人——梵正，成就了人间烟火的另一种风景。

梵正，生卒年不详。五代时尼姑，著名女厨师，以创制"辋川小样"风景拼盘而驰名天下，将菜肴与造型艺术融为一体，使菜上有山水，盘中溢诗歌。她盘中的诗歌大多来自于王维的诗作。

"辋川小样"是用脍、肉脯、肉酱、瓜果、蔬菜等原料雕刻、拼制而成。拼摆时，梵正以王维所画辋川别墅二十个风景为蓝本，制成别墅风景。宋代陶谷在《清异录·馔羞门》中倍加夸赞："比丘尼梵正，庖制精巧，用鲊臛、脍脯、醢酱、瓜蔬、黄赤杂色，斗成景物，若坐及二十人，则人装一景，合成辋川图小样。"这是一种大型风景冷拼盘，梵正可算得上是中国古代花色菜的大师了，在中国古代饮食烹饪史上占有重要的一席之位。除此之外，"蜂蜜球"等素食菜肴的创制也与她有关。

唐朝五代时期，信男善女们常常成群结伴相邀，在寺庙和庵院留宿过夜，庵院里会准备好充足的素食以备他们食用。

这一日，庵院里又准备了大量的素食山芋，只等晚上香客来到时招待他们，可一场大雨，让这些香客没有来成。如果把这些山芋就这样丢掉实在可惜，但如果不丢掉，在这炎炎夏日，一夜的工夫山芋定会变质。梵正望着这些山芋，突发奇想，她把这些熟山芋和面粉揉到一起，团成一个个小团状，在热油里滚一遍，山芋的香味立刻弥漫开来，就这样山芋变质的问题被解决掉。第二天，那些香客们纷至沓来。梵正把那些山芋丸子重新回锅后，用油炸至金黄色出锅，只见这些丸子外脆里嫩，色泽金黄。梵正又把蜂蜜倒入锅中烧到黏稠状，把丸子在蜂蜜里一滚，一个个香甜可口的蜂蜜丸子就这样做成。那些善男信女们吃着蜂蜜丸子个个赞不绝口，回家后纷纷效仿。

梵正就是一个创造美食的天才，每当看到一样新鲜的蔬菜，她会灵感突发，想尽各种办法既能保证菜品的质量，又能把这个菜做得精致、好看而又好吃，别的画家在宣纸上留下传世作品，而她却在饮食上留下自己的传世佳作，让一道道如诗如画的美食呈现在世人的面前。

正是梵正的这组"辋川小样"风景拼盘，开了中国冷拼的先河，也让她成为中国美食冷拼第一人。许多热爱美食的人纷纷效仿梵正，开始把各种食材组合在一起，进行雕刻和绘画，不仅开了人们的胃口，更美了世人的眼睛。

中国自五代以后，便开始出现并流行起花式拼盘和食品雕刻。而梵正，更是让她的美食与淡雅人生，在历史的长河里留下浓墨重彩的一笔，让自己的美名流传古今，不仅位列中国十大名厨之中，更是成为中国历史上为数不多的女名厨之一。

柳外时时弄好音

绿窗偶成

明末清初：董小宛

病眼看花愁思深，幽窗独坐抚瑶琴。
黄鹂亦似知人意，柳外时时弄好音。

"疾病再一次缠绕身体，坐在轩窗前，用蒙眬的病眼望着那些独自嫣然的花儿，许多愁绪袭上心头，纤指轻拂琴弦，琴弦上跳动着忧伤的音符。那只站在枝头的黄鹂鸟儿，似懂得我的心事，在绿柳里，时时传出自己美妙的歌声。"读着这样的诗词，一个沉睡在时光深处的美人，便出现在我们的眼前。她即使一生历经沧桑，也要让自己在最美的人间烟火中烧出生活的最美滋味。人生很短，不管是前生还是今世，都只为等待与你的遇见。哪怕风雨里历经沧桑，锦瑟年华里，我也要努力盛开，盛开成一朵花的模样，让幸福在凝露里舞蹈，舞蹈着一个人的清欢。

董小宛，原名董白，号青莲，又名宛君。金陵（现江苏省南京市）人。生于明末天启四年（1624年），殁于清顺治八年（1651年），原寓居于南京秦淮，曾寄居于苏州半塘街。明末"秦淮八艳"之一。名与号均因仰慕李白而起。她聪明灵秀、姿容超凡，为秦淮妓院第一流人物。她不仅才貌双全，还厨艺高超。

董小宛出生于苏州城内的"董家绣庄"，董家绣庄是苏州小有名气的一家苏绣绣庄，一直生意兴隆。女儿的出生无疑给"董家绣庄"带来了莫大的欢喜与生机。父母望着眼前这个精致、美貌而又小巧的女儿，欣喜不已，为她取名白，号青莲。

董白从小便表现出了她的与众不同，她不仅貌美如花，更是聪慧灵敏，琴棋书画、针线女红样样精通，更对美食有着极为浓烈的兴趣，闲下无事的时候，总是会亲自下厨为辛苦的父母做出一桌精致而又美味的饭菜让父母品尝。在父母的精心培养下，董白成了一个德才兼备的姑娘。

可惜这样幸福的日子，却只维持了短短十三年，便在父亲离世时戛然而止。不堪打击的母亲，从此一病不起。年少的董白担起了所有的家事，但屋漏偏逢连阴雨，家里帮忙的伙计看母女两人都没有经营意识，便心生歹意，不仅把母女两人的家产侵占，还让她们外欠一千多两银子的债务。母亲连病带气，一下卧床不起，性情本就清高的董白，更不会低三下四向人借钱还贷，十五岁的董白便把自己卖进了南京秦淮河畔的画舫中，从此改名董小宛。

董小宛的人生传奇故事就从她十五岁卖身画舫开启大幕，短暂的一生把沧桑与苦难经历殆尽。

凭着自己的淡泊，凭着自己的相貌，凭着自己的才气，董小宛的名字很快与顾横波、卞玉京、李香君、柳如是等七人并称为秦淮八艳。她与"复社四公子"之一冒辟疆的爱情故事一直传唱至今。她与冒辟疆的缘分，是在一次董小宛、卞玉京、李香君、柳如是和复社中的方以智、吴应箕、侯方域相聚时拉开的序幕。那时的卞玉京、李香君、柳如是都名花有主，并轰轰烈烈地上演着她们的爱情大戏。当董小宛绝世的容貌、优美的琴声和她做的满满一桌酒食落进方以智的眼中时，他的内心便有了无限的赞叹之声。他一直在想，这样的人间尤物什么人才可以配得上，然后冒辟疆那英俊、潇洒而又风流倜傥的身影便立刻呈现眼前，方以智便产生了想撮合董小宛与冒辟疆成为秦晋之好的想法。当董小宛一听方以智为自己介绍的人是冒辟疆的时候，她的心里立刻起了波澜，内心那种对自由爱情的向往更加热烈。

秋闺扇面诗拾壹首（节选一、二、三）

董小宛

其一

幽草凄凄绿上柔，桂花狼藉闭深楼。
银光不足供吟赏，书破芭蕉几叶秋。

其二

残柳凋荷绿未沉，一池清水澈如心。
楼前几日无人到，满地槐花秋正深。

其三

白日吹人无所思，独来窗下理红丝。
手擎刀尺瓶花落，数点天香入砚池。

其实，性情清高的董小宛在画舫的日子过得并不好，她喜欢山水，喜欢安静，骨子里的清高让她一直不能与世俗为伍。或许正是她这样的性格，让她给画舫少挣了许多银子，董小宛并没有李香君那么幸运，遇到一个知自己、懂自己的养母李贞丽，并时时处处为自己着想，不在意她给妓院挣多少钱。董小宛因为守身如玉，因为清高自傲，而受到妓院老鸨的处处刁难。从董小宛的《秋闺扇面诗拾壹首》里，足可以看到她内心对爱情的无望与忧伤，满目的秋色正应了她对生活的失望。但董小宛内心是向往自由的，那里有一缕光明，一缕谁也无法熄灭的光明。她的诗词总是会由忧伤开篇，然后在收尾处让人看到一缕温暖的阳光，每字每句都如美妙的音乐，平淡中带着安静，好似流露着茶的淡香味道。

洞房花烛夜和冒辟疆

董小宛

一从复社喜知名，梦绕肠回欲识荆。
花前醉晤盟连理，劫后余生了凤因。

董小宛从内心向往爱情，渴望爱情。她在与冒辟疆交往的过程中处处示好，处处主动，最后两个人终于拨开云雾见天日，喜结良缘。这首《洞房花烛夜和冒辟疆》就是董小宛写于他们新婚之夜的诗词。在这首诗词里，我们可以看到他们在爱情里所经历的艰辛，从相识到结为夫妻经历的风雨与大浪。但这一切磨难都是值得的，因为他们从此将携手一生，恩爱白头。董小宛对以后的生活充满向往。从此，董小宛在美食中煮着她的小日子与她的小幸福。

董小宛的贤惠、聪明与乖巧，让冒辟疆的母亲和妻子对她特别喜欢。而董小宛更是极尽自己所能，维护着这份来之不易的幸福。她把她的一生和她的心都拴在了冒辟疆和冒辟疆的家人身上。在她的精心调理下，婚后每一天，都过得温馨而又浪漫。

董小宛因为身体原因，喜欢吃清淡的食品，一杯香茗、几粒青豆和一盘素菜，再加上半碗稀饭，往往便是她的一顿饭。而冒辟疆和他与妻子苏元芳所生的两个儿子都喜欢吃甜食、海味和腊制熏烧的食品。冒辟疆的母亲年岁已高，不喜欢这些味道浓郁的食品。面对一家人的饮食问题，董小宛可以说是想尽办法，用尽心思。董小宛一边尝试着在董家做适合每个人口味的美食，一边还如美食家袁枚一般，也写出了自己的美食食谱。在这份食谱里，董小宛把她做的每一道美食的步骤都精心记录下来，如果不是因为战乱，如果不是因为分离，如果不是因为悲伤，这本食谱或许会成为叫作《小宛食单》的传世名作。而我们面对无奈的遗失，也只有轻轻叹息一声罢了。

冒辟疆的正直与交友广泛，注定了他要应酬许多不同的场合，他回来后，总是东倒西歪，满身的酒气扑鼻而来。酒是热性的东西，喝多了总是伤胃。董小宛便把各种鲜花收集在一起，用花瓣制作出不同颜色的凝露，比如春之玫瑰，夏之珠兰、茉莉，秋之木樨都成为董小宛手里的食材，董小宛用这些花露点茶、入药，或者作为食品的调味品。家里的美食都被董小宛制作得活色生香。在董小宛制作的花露中，当数秋海棠最为出名。秋海棠本是没有味道的，而董小宛做的秋海棠露独独是露凝香发，成为冒辟疆的最爱。每每他醉酒回家，董小宛都会为他盛上一碗海棠凝露，凝露还没有入口，便有奇异的香味先入了心扉，再看那五色浮动、晶莹剔透的颜色，就足以消渴解醒。

冒辟疆在他的《影梅庵忆语》里，曾专门用大段文字来记述董小宛擅制的花露："酿饴为露，和以盐梅，凡有色香花蕊，皆于初放时采渍之，经年香味、颜色不变，红鲜如摘，而花汁融液露中，入口喷鼻，奇香异艳，非复恒有。最娇者为秋海棠露。海棠无香，此独露凝香发，又俗名断肠草，以为不食，而味美独冠诸花。次则梅英、野蔷薇、玫瑰、丹桂、甘菊之属，至橙黄、橘红、佛手、香橼，去白缕丝，色味更胜。酒后出数十种，五色浮动白瓷中，解醒消渴，金茎仙掌，难与争衡也。"从中可见，冒辟疆对董小宛的美食是多么赞赏。

在这里不得不提的还有另外两种美食——"董肉"和"董糖"。这两种美食，据说也是董小宛首创的。"董肉"其实就是人们常吃的虎皮肉、走油肉，如今是一道浙江省的汉族传统名菜，属于浙菜系，以带毛五花肉、腌雪里蕻为主材制作而成，皮呈皱纹状，肥而不腻，香甜可口，油亮光滑，纹似虎皮，软烂醇香。"董肉"和"东坡肉"相映成趣，正有得一比。

　　说起董小宛制作的"董糖",也与她和冒辟疆成就这段美好姻缘有关。冒辟疆与董小宛初遇时,因为董小宛醉酒,让两个人失去了深交的机会。第二次再遇的时候,当冒辟疆对董小宛说起那次拜访的事情,让董小宛深感歉疚,当她知道冒辟疆喜爱甜食的时候,便亲自下厨给冒辟疆做自己最拿手的甜品来吃,之前这道甜品没有名字,因为是董小宛所制造,后人便把这道最著名的甜品命名为"董糖"。董小宛以精白面、白糖、芝麻、饴糖为原料,再配以椒盐、玫瑰、桂花等为佐料,经选料、熬糖、制糖芯、制糖骨、成型等工序制作成块状。然后董小宛把这些糖酥切成长五分、宽三分、厚一分的小块端到冒辟疆的前面让他食用,冒辟疆捏起一块,入口即化,那份甜在口中和心中久久没有散去。

　　《崇川咫闻录》中记载:"'董糖',冒巢民之妾董小宛所造。未归巢民时,以此糖自秦淮寄巢民,古至今号'秦邮董糖'。"

一柄象牙彩蝶

董小宛

独坐枫林下,云峰映落辉。
松径丹霞染,幽壑白云归。

董小宛不仅调理着冒家的饮食，更是用她的文学才能影响着冒辟疆的两个儿子。她每天都会陪伴在冒辟疆两个儿子身边，教他们写字画画、吟诗作赋。董小宛是个极为喜欢月色之人，每到有月亮的日子，她都喜欢和冒辟疆一起浅吟轻唱，一直望着月亮沉没才肯睡下。董小宛曾对冒辟疆说："我书写谢庄的《月赋》，见古人厌晨欢，乐宵宴。这是因为夜之时逸，月之气静，碧海青天，霜缟冰静，比起赤日红尘，两者有仙凡之别。人生攘攘，至夜不休。有的人在月亮出来以前，已呼呼大睡，没有福气消受桂华露影。我和你一年四季当中，都爱领略这皎洁月色，仙路禅关也就在静中打通。"只可惜，这幸福的日子总是如白驹过隙，战争永远充满了生离死别。

1644年，清兵入关。之后，清兵一路南下，江南一带燃起熊熊战火。清军肆虐无忌，冒家险遭荼毒，家产丢得一干二净。从此，小宛随夫一直过着颠沛流离的生活，直到1651年，年仅28岁的董小宛病逝。

冰丝新飐藕罗裳，地当筵席一举觞。
曾唱阳关洒离泪，苏州寂寞当还乡。

——冒辟疆

这首七言绝句，是冒辟疆在 82 岁高龄之时，因为思念自己的爱妾董小宛而作："冰冷的风吹起你藕白色的衣裳，我们曾经以大地为席共享清欢，此时仿佛又回到了你我在月色下举觞共饮的幸福时光。我们还曾唱着阳关叠这首曲子把酒话别。如今在苏州城里，你那么寂寞，记得快点回到家乡，以便我们相聚。"冒辟疆怀念董小宛的这首诗词，足可以证明冒辟疆对董小宛的真挚感情。

后人一直在说，董小宛的爱情，是她独自一人在舞蹈人生的清欢，冒辟疆只是她唯美爱情的配角。但世人却又怎么能理解一个经历过劫难的富家公子哥对自己甘苦与共的爱妾的痴情。在与董小宛生活的九年时光里，冒辟疆一直再没有纳妾。一直到后来，国家安定后，没有了战乱，董小宛离开人世间许多年，他才又开始纳妾。但无论是谁，再没有董小宛在他心目中占的位置重要。

一代美人、一代才女、一代女名厨，为她的传奇人生，留下了浓墨重彩的一笔，让后人怀念。

罗衣香褪懒重熏

临江仙·秋日
明末清初：黄媛介

庭竹萧萧常对影，卷帘幽草初分。罗衣香褪懒重熏。有愁憎语燕，无事数归云。

秋雨欲来风未起，芭蕉深掩重门。海棠无语伴销魂。碧山生远梦，新水涨平村。

"庭院深深，风轻轻摇动着竹影，卷起帘栊正好看到那些幽幽的青草才刚刚发出新芽。罗衣上熏的香料已经褪去味道，却也懒得再重新点燃熏香。内心愁苦的时候对啼叫的燕子都有些恼怒，闲来无事的时候就数天上的云朵。风把竹叶摇落，霜把青草渲染。只要风轻轻一吹，便会送来一场秋雨，巨大的芭蕉叶把一重重门庭深深掩藏起来。静静开放的秋海棠，无语面对尘世繁华。烟雾轻轻绕着青山，让人生出无限的梦境，一池秋水上涨到要漫过堤岸了。"读着这样的诗行，人们眼前便呈现出一幅忧伤的画面，那站在画轴里的美人，独对一窗秋景，心里生着无限的哀愁与忧伤，内心却依然对幸福充满幻想，而这幻想，就如那远山上缭绕的薄雾，时时萦绕心头。

如若不是因为她骨子里有着太多的才气、傲气，她完全可以去过另一种生活，或许凭她的才气与美貌，会让"秦淮八艳"的名字改写。她是一个大家闺秀，却又与名妓柳如是、董小宛等人过从甚密；她曾十指不沾人间烟火，婚后却抛头露面，摆摊卖字画维持一家生计。那么她到底是谁呢？她就是明末清初的著名女词人黄媛介。

黄媛介字皆令，生卒年不详，明末清初浙江秀水（今嘉兴市）人。是嘉兴一户书香人家的宝贝小闺女。黄家世代诗书相传，虽非大户，也算得上中等殷实人家。

作为儒士之家黄云生最小的女儿，黄媛介可以说从小便过着衣食无忧，被父母爱、被哥哥和姐姐宠的幸福生活。再加上黄媛介从小就容貌出众、聪明伶俐、活泼可爱，更是让全家人捧在手心里爱着宠着。黄媛介乖巧而又听话，并没有因为家人对她的宠爱而变得任性。父亲和哥哥姐姐们读书时，她也安静地在一边陪着读书；父亲教哥哥姐姐们画画时，她也拿着笔煞有介事地在一边画画。很快，父亲便发现自己的这个小女儿对诗词和画画有着超人的天赋，用了心的父亲，便认真教自己的女儿写诗画画。只是因为父母和家人的宠爱，黄媛介从来不沾染人间烟火，一直过着衣来伸手、饭来张口的优越生活。

黄、杨两家是世交，黄媛介与父亲同窗好友的儿子杨世功从小青梅竹马、两小无猜。两个人在十岁那年，便订下了娃娃亲，但两家人并未因"男女授受不亲"而约束他们的交往。从此，两个孩子之间的关系更加亲密，一同学习，一同画画，爱情的种子随着他们年龄的增长，在心里也潜滋暗长，生了根、发了芽。可是，战争的铁蹄，却碾碎了他们的幸福梦，一夜之间，所有的幸福都被战争踏碎。黄家的生活捉襟见肘，而杨家的生活更是再揭不开锅。两个孩子的年龄眼看都到了嫁娶的年龄，而杨家却没有能力来迎娶黄媛介。

感觉脸上无光的杨世功悄悄离开家乡，想出去打拼出一番事业后，再回来迎娶黄媛介。但此时，一个富家公子也就是太仓才子张溥，看中了黄媛介的美貌和才气，并深深爱上黄媛介，便托媒人带了重金前来提亲。太仓才子张溥的名气，黄父早有耳闻，望着张溥送来的丰厚聘礼，黄父不免就动了心。但黄媛介怎么能忘记自己与杨世功之间相守的美好岁月，怎么能忘记两人之间的海誓山盟？爱情一旦植入心里，便没有贫贱与富贵之分，从此便是一生的相守与痴恋。黄父虽然一心为女儿生活衣食无忧着想，但却也是一个通情达理之人，最终遵从了女儿的选择，拒绝了这门亲事。

长相思·春暮

黄媛介

风满楼，雨满楼。风雨年年无了休。余香冷似秋。
卖花声，卖花舟。万紫千红总是愁。春流难断头。

此时的黄媛介不再是一个衣来伸手、饭来张口的小女孩。当兄长与父亲出去为生计奔波的时候，她开始下厨为他们烹茶煮饭。而内心对杨世功的思念更是如汹涌的波涛一般，时时在内心澎湃开来。正如她的这首《长相思·春暮》里的句子，既写出了当下时政的动乱，又写出了她对未来的迷茫，人生处处充满风雨声，不知道什么时候这艰辛的日子才会走到尽头，不知道什么时候才能与心爱的人儿相聚牵手。

再来说躲到外地的杨世功吧。杨世功在外地听到了家乡传来的消息，心中万分愧疚，媛介身为一名弱女子都如此坚贞，自己堂堂男儿却躲避在外，实在对不起伊人，于是收拾行装返回了家乡。黄家得知杨世功已回家，便上门商议嫁娶之事:"既然世事如此,也就不必讲那么多排场,只要儿女两情相悦,其他便不重要了。"两家父母都想通了,婚事便办得极为简单,黄媛介高高兴兴地嫁到了杨家。虽然生活清苦,但小夫妻相敬相爱,日子也过得怡然自得。杨世功放下了读书人的面子,以贩卖畚箕为生。

后来,杨世功的畚箕生意也日渐冷落,最后终于做不下去了。两个人为了生计,来到了西子湖畔,黄媛介以写诗卖画为生。渐渐地,黄媛介的名声在西湖边传开了,许多闺秀举行文会,都特意下帖邀她前往,她倒也欣然从命。当时女性举行文会一般有两种情况:一种是由多才多艺的名妓发起并参与的,一种是名门淑女、大家闺秀举办的。这两种文会各有自己的一班人员,因门第不同,往往是不互相掺合的。而黄媛介的身份与她们都不一样,所以两种文会都对她敞开大门,她也不分彼此,只图谈诗论文,酣畅尽兴。她就是这样结识的柳如是、董小宛。

从此黄媛介成为柳如是家里的常客,并从这里认识了像吴梅村、商景兰等一大批当时在文学界里有影响的才子佳人。尤其是吴梅村和商景兰,对黄媛介的诗词极为赞赏。吴梅村在《题鸳湖闺咏》中这样来形容黄媛介的才气:"江夏只今标艺苑,无双才子扫眉娘。"商景兰的《送别诗》亦赞美黄媛介道:"今朝把臂怜同调,始信当年女校书。"一位男性大文学家,一位女苑名流,皆以唐代著名歌伎薛涛为喻来赞美黄媛介，可见黄媛介的诗词在当时有着多么大的影响力。

　　但真正了解黄媛介的人，当数柳如是的爱人钱谦益。当时柳如是看黄媛介以卖画为生，和杨世功居住在一个简陋的斗室之中，生活非常拮据，便私下劝黄媛介道："卿何不到名士文会上唱诗作陪，也好得些赏金贴补家用？"黄媛介自然明白柳如是话语里的意思，这些唱诗作陪的女子，就是当时卖唱不卖身的歌伎。黄媛介是个守着爱情，愿意过清苦日子的人，她婉言谢绝了柳如是的好意。当柳如是把这件事情讲给钱谦益时，钱谦益道："媛介虽穷，清诗丽画，点染秀山媚水之间，未尝不是一件乐事。"一句话，道出了黄媛介生活的真谛，让黄媛介感激不尽，当即赋诗一首，请柳如是转赠给钱谦益。

　　　　懒登高阁望青山，愧我年来学闭关。
　　　　淡墨遥传缥缈意，孤峰只在有无间。

　　　　　　　　　　　　　　——黄媛介《题山水小幅》

　　"我懒得再登到高阁之上去遥望那美丽的青山，更惭愧着自己多年来闭门学习诗画。从淡墨里泼洒着人生的惬意，一切缥缈的景色都如梦幻一般，就如那淡雾缭绕的山涧孤峰若隐若现。"在这首诗词里，黄媛介寄情于景，以景抒情，让情与景很自然地融为一体。这如梦如幻的景色，这诗行里的惬意与淡泊，不正是黄媛介人生的惬意与淡泊吗？

是的，只要有爱在，哪怕日子再清苦，黄媛介都会把它过成幸福的模样。在山水之间写诗作画，虽然挣的钱不多，但却让自己的心境陶醉在诗情画意与风景之中。夜色里，她会和杨世功共煮人间清欢，在一杯香露里，调理着他们的粗茶淡饭。而深爱黄媛介的杨世功，也同样用心烹煮着他们幸福的小日子。每当黄媛介就要收拾摊位的时候，他早已经在家里做好饭菜，然后亲自到黄媛介的摊位前，帮她收拾画架和染料。

有时，走在夕阳里的杨世功，望着披着一肩阳光的妻子坐在画架前认真画画的模样，会看得呆了也痴了，妻子那天然不着雕饰的美丽、清雅高洁的气质如一朵遗世独立的青莲。望着这一幕时，杨世功往往会心生感动之情，莫名的幸福便会在心头涌动开来。原来，美好与财富、与金钱真的不成正比。人生只要有爱情、有美满的婚姻，便足够了，别的真的不再重要。

是的，在黄媛介与杨世功的婚姻生活里，他们真的是屏蔽掉了所有世俗人的白眼和不解，心里只装着诗书画，装着人间最美的风景和最美的烟火。

黄媛介就是黄媛介，一个人间不一样的极品女子。在她的心里装着山水，装着爱情，装着两个人的红尘炊烟，让香茗在唇齿间留香。她用淡泊的心境，面对尘世一切的误解与指责。在她淡泊的一生里,不知道是她的美丽、端庄、优雅和大气点缀了山水与诗画,还是山水与诗画点缀了她的美丽、端庄、优雅和大气。

妙手纤纤和粉匀

萧美人

清朝：吴煊

妙手纤纤和粉匀，搓酥糁拌擅奇珍。

自从香到江南日，市上名传萧美人。

"一双精致、纤细而又美好的手，把面团和得光洁亮滑，再把那些香酥的材料一一拌均匀，一块块糕点如同奇珍异宝一般，散发着甜蜜的香味。自从这美食的香味来到江南后，萧美人的名字，便在世间广为流传开来。"读着这样的诗行，眼前怎么能不呈现出一个美人正在用心做美食的画面？这画面里有轻风携着美食的香在飘荡，而那个名字叫萧娘的女子，是画中最美的风景，因为她美得养心、养眼又养风景，所以久而久之人们忘记了她原有的名字，都只叫她萧美人。有人说她是活在诗词和美食里的萧美人，她的美貌和她的美食曾让清朝三大才子为之痴狂，许多文人墨客更是不吝啬自己的才情，纷纷给她留下墨宝。而她凭着自己高超的厨艺和在中国糕点界的成就，更是被当代中国餐饮界列为中国古代十大名厨之一。

让自己的笔尖，再一次化成人间最美的风景，来到清朝时那个名字叫仪征的地方，追随着一道道甜点的香味，走进萧美人的传奇人生。

萧美人，生卒年不详，清朝乾隆年间著名女点心师，以善制馒头、糕点、饺子等点心而闻名。清代文学家袁枚颇为推崇她，在其著作《随园食单》中盛赞其点心"小巧可爱，洁白如雪"。

萧娘的父亲是家住仪征真州城南大码头河西街的萧常年，经营着两家茶食店，小日子过得也算殷实，可唯一美中不足的地方是自己年过四十一直膝下无子，终于老天开眼，四十岁之后妻子给他生下了爱女，这也算是老来得女，怎能不让他开心地落下泪水？

萧娘的到来，给这个家庭带来了莫大的幸福与欢乐，当父母煮茶、蒸制糕点的时候，她总是会在一旁快乐地帮忙，并且表现出了自己在美食和茶艺方面的天赋，这让萧常年惊喜不已，于是他便有意培养女儿的天赋。每每自己制作糕点时，总是再拿出一团面教给女儿怎么做这种糕点，并教小萧娘道："和面要有三净，盆净、手净、面净。"小萧娘便按照父亲所教，果然把面和得光洁而又亮滑。当萧常年制作糕点馅的时候，她便会跟在父亲身后认真观察，而她自己最喜欢吃的就是父亲制作的豆沙馅的糕点。那些红豆煮熟后，再加入蜜枣和地瓜，天然的香味、甜蜜和红润的颜色，让小萧娘喜爱不已。用这些豆沙做出的豆沙饼、豆沙馒头也成为他们这一带居民的最爱，往往是这些糕点才刚刚出笼，便被居民们购买一空。

幸福的岁月就这样清清浅浅地向前行走着，转眼萧娘初长成，她的美貌更是名扬仪征城，许多名门大户纷纷托媒人来向萧娘提亲，但萧娘心里早就有了意中人，那就是自己家的一个小伙计。萧娘与这个在自己家里干了十年的小伙计两小无猜，一起长大。对于萧家的独生女儿，萧常年也看好自己女儿和伙计的婚姻，这样女儿便可以永远生活在自己的身边，自己这门手艺也可以让萧娘与伙计继承下去。就这样萧常年拒绝了富贵人家的求婚，给女儿萧娘和伙计办了一个简单的婚礼。从此一家人生活得美满而又和睦，丈夫深爱着萧娘，敬重着萧娘的父母，很快萧娘便生下了两个儿子。

如果幸福就这样一直延续下去，萧娘在家相夫教子，丈夫和父亲打理生意，那么萧娘的一生注定是温暖而又幸福的一生。但天有不测风云，有些灾难来的时候，总是让人防不胜防。

那一日的夜色与往日并没有什么不同，繁星在空中眨着眼睛。萧娘伺候两个儿子睡下后，回头望了一眼心爱的丈夫，他睡得是如此香甜，再望一眼双亲的窗，他们也都熄灭了灯。萧娘也轻轻熄灭灯，躺下，望着外面的月光自己也渐渐进入了梦乡。当萧娘被一股热浪惊醒的时候，眼前火光冲天，萧娘有几秒钟的不知所措，然后猛地推醒心爱的丈夫惊呼道："着火了，着火……"

大火从门缝里钻了进来，丈夫没有丝毫犹豫，抱起萧娘，用自己的身体冲开了木窗，跳了出去，他把萧娘放到室外，又冲进房间救出两个小儿。当萧娘转脸望向父母的房间时，她的心里充满了绝望，父母的房间早已被火海包围，萧娘整个人呆在了原地，然后她听到了左邻右舍大叫着救火的声音，她看到心爱的丈夫不顾生命安危冲进父母房间的身影。可那身影冲进去为什么却没有能够跑出来？整个世界在萧娘的耳朵里嗡嗡作响，呼喊声、哭叫声响成一片。

就这样，邻居家的这场大火，把萧娘从幸福的顶端，推向了苦难的边缘。因为这场大火殃及自己家中，房屋被烧成一片瓦砾，父母在大火中丧生，丈夫在大火中被落下的房屋大梁砸断了双腿，从此再也没有从床上爬起来。面对幼小的儿子、伤残的丈夫，整个家庭生活的重担，都落到了萧娘的肩上。从此，萧娘开始发挥自己幼时学习的糕点制作技艺，蒸煮水饺、烘烤糕点。

西湖晤袁子才喜赠

清朝：赵翼

不曾识面早相知，良会真诚意外奇。
才可必传能有几，老犹得见未嫌迟。
苏堤二月如春水，杜牧三生鬓有丝。
一个西湖一才子，此来端不枉游资。

《西湖晤袁子才喜赠》是清代文学家、史学家、诗人赵翼写给清代文学家、诗人、美食家袁枚的一首诗，诗的内容是两个才子在西湖相会的情景。就用这首《西湖晤袁子才喜赠》把一代才子袁枚请入萧娘的人生传奇之中，也正是因为袁枚在萧娘生命里的出现，让萧娘的一生走向了传奇，成为文人骚客墨宝里争相书写的人物。无数诗人把她美好的容颜、精美的食品写入自己的诗词之中。

生活的重担一下都压到了萧娘的身上，外表美貌而又娇弱的萧娘，对生活却有着积极向上的态度，这些积极的生活态度来自父母对她的爱，来自丈夫对她的支持。当生活需要她付出的时候，她毅然决然地迈出家门，用自己的纤纤细手，支撑起了这个家，开始打理自己家里的茶点生意。

萧家茶点铺的招牌重新在晨风中飘荡在了仪征城中，那些糕点的美味和萧娘天然不着雕饰的美貌，落进过往行人的眼眸中，成为这个古城一道亮丽的风景。

萧娘从小便是一个冰雪聪明的女子，在父亲的耳濡目染下，对糕点制作早就有了非常好的基础。现在当自己要以糕点为生的时候，她对这些糕点的制作便更加用心地研究。她做出的糕点不仅洁白好看，小巧精致，而且香醇无比，咬上一口，舌尖上、唇齿间总会留下沁人心脾的余香，比起她父亲和丈夫的手艺，更多出了一份细腻之美。有心的萧娘对萧家原有的糕点制作方法进行了大胆的改进。原料除了用大米和精面粉外，又加入了糯米，并且在面团里揉进蒸熟的山药泥，这样烤制出来的糕点软而不塌、黏而不腻。她对糕点所用的果馅也进行了精心的配制，把传统的青红丝变成了红绿蜜饯，再配以瓜子、松子仁。一时，这些糕点成为孩子们的最爱。因为怕这些原料会有变质现象，每次采购回来，她都要自己放进口中品尝一下才会使用，有杂质和异味的原料，她会立刻去掉。火引子用的是麦秸、稻草等松软原料，柴火是从远山深处的森林里砍来的松枝、拾来的松针。每当点燃这带着松香的柴火，稳稳的火苗烘托着蒸笼的热气，那些清淡的香，潜入了点心之中，随风飘荡在河西街的大码头之上，让过往游客闻香而止步，有了一尝美味的冲动。

此时，二十五岁的萧娘，正值青春最为美好的年华，比起以前更多了一分风姿绰约的气质。她的美是天然而成的，不施胭脂，脸色自然红润；不用粉黛，肌肤自然白皙。萧娘的美貌本就在这个古城早有传扬，现在再加上她的美食，更是迷醉了过往客人的眼睛，人们渐渐忘记她的名字，而是直接叫她的茶点店为萧美人店，而萧美人的名字更是被越传越远。

萧美人糕点一时成为仪征城内千金难求的美食，那些达官贵人、文人墨客纷纷慕名而来，品尝完萧氏糕点后，更是对她的美貌赞叹不已。许多诗人因为久久不能忘萧美人制作糕点时的优美，而留下墨宝来赞扬她的姿态。不少诗词中就有赞她"昔年丰姿，面如夹岸芙蓉，目似澄澈秋水"。还有人把萧美人制作的糕点与唐代名点红绫饼相媲美："红绫捧出饶风味，可知真州独擅长。"

萧美人与她的糕点的故事，很快传入一个人的耳朵，这个人就是随园主人、清朝大文学家，和蒋士铨、赵翼并称乾隆三大诗家的袁枚。这袁枚本就自己在随园里开着酒肆，对美食更是素有研究，他的《随园食单》里记载着他从全国各地收集来的美食名字和制作方法。他只要听说哪里有美食，定会不惜代价求得一尝，如果这美食入了自己的心，定会认真记录下来，写进自己的《随园食单》里。

袁枚从南京乘船专门赶到仪征来品尝萧美人的美食，当他的船只靠到大码头的时候，正好是夕阳将下。空气中飘荡着一股花香的味道,但这个清朝大才子、美食家,深深一闻便知道这是一种美食的味道,袁枚寻香而行,很快,一个绝色美貌的身影便在那个大大的"萧"字招牌下展现在了眼前。夕阳正好把一缕彩霞扯到那绝美女子的身上,更是让眼前的美多了一种幻觉,一时袁枚不敢再眨自己的眼睛,他怕一眨眼,眼前的美会如海市蜃楼一般消失不见。再看那女子制作出来的小巧精致、雪白如玉的糕饺,更是看得自己满口生香,捏一个放入口中,松软可口,香滑细腻。

袁枚的随园本就是一个开放式的大花园,每天游客和食客都如潮水一般涌来。作为一个美食家,袁枚自己也常常创作着惊世的美食供游客们品尝,但当他品尝完萧美人的糕点后,他从内心惊呆了,这样的美味非比寻常。袁枚立刻向萧美人报上了自己的名字,并订制三千套糕点,要用来赠送朋友或卖给到随园的食客们。

袁枚的大名,萧美人怎么能不知道,袁枚是自己少女时代的偶像,喜欢他的诗词,更是对他的随园早有耳闻。今天他本人竟然亲自来拜访自己,还一下订制了自己三千套糕点。萧美人也不含糊,立刻答应了下来,并保证一定会按质按量地在袁枚规定的时间内完成糕点的制作。

袁枚望着眼前精美的糕点,心花怒放,回去后,他便在自己的《随园食单》里这样写道:"仪真南门外,萧美人善制点心,凡馒头、糕、饺之类,小巧可爱,洁白如雪。"他把自己定制的糕点赠予自己的好友吴煊品尝,吴煊品尝后,也是赞不绝口,并回赠萧美人诗歌一首,这首诗歌就是本文开头引用的那首:"妙手纤纤和粉匀,搓酥糁拌擅奇珍。自从香到江南日,市上名传萧美人。"吴煊在这首诗里,生动形象地描写了萧美人的美丽和她糕点的精致与美味。

与萧美人糕

清朝:谢启昆

绿扬城郭蓼花津,饾饤传来姓字新。
莫道门前车马冷,日斜还有买糕人。

此时,对萧美人糕点充满向往与渴望的第三个大文学家和诗人也要登场了,他就是清朝著名的学者、方志学家、诗人谢启昆。谢启昆也曾经在扬州做过十五年的太守,只是那时的萧美人还是一个衣食无忧的小女孩,谢启昆并没有口福尝得萧美人的糕点,但今天却从好友袁枚这里,尝得自己曾留下深厚感情的地方的美食,自然心有感触,一笔而就这首《与萧美人糕》,以表自己对扬州的怀念之心,对扬州人的思念与赞美之情。

萧氏糕点,因为袁枚的推介,吴煊、谢启昆等诗词大家的赞美,一时名声大噪。萧美人糕饺千金难求的传说传进皇宫后，乾隆皇帝立刻派了宫内大使，专程来到萧美人茶点店，订购两千件糕点给后宫贵人、嫔妃品尝。萧美人糕点进皇宫的故事，在文人墨客的笔下很快便传遍大江南北。一时间，萧美人糕点成了官府里的专供，成了江南名流雅士最为青睐的美食。

就此，萧氏糕点越做越大，萧美人这个柔弱的女子，用自己柔弱的肩膀担起了一个偌大的家业。在她五十岁时，家里扩成了一个大作坊，雇用的糕点师傅竟然有上百人之多。

烟火的深处，这个古代十大名厨之一的萧美人，用最美的姿态呈现着生活最真实的幸福。如今"萧美人糕制作技艺"已经成为仪征非物质文化遗产。她的爱情故事和她对爱情的忠贞，更是让世人敬佩和爱戴，让世人终于明白，爱情一旦牵手，便是一生的相守。